現代イギリス小説の子どもたち

——無垢と邪悪を超えて

越 朋彦

研究社

両親と兄に

'That childhood might itself alone be said
My tutor, teacher, guide to be,'
——Thomas Traherne, 'The Approach'

目次

序論

本書の目的と概要

子どもを中心的主題とする小説[*1]（childhood novels）は、一九七〇年代以降の子どもに関する学術研究の新動向や子どもを取り巻く社会状況の変化を背景に、現代イギリス文学における一つの有力なジャンルを形成している。サンドラ・ディンターの最近の研究によれば、一九七九年から二〇一九年の間に出版されたそのような小説の数は優に百五十作を超えるという（児童文学は含まない）[*3]。これらの現代小説は、子どもというテーマの扱いの幅広さと奥深さの点で、ワーズワスやコールリッジらロマン派の詩やディケンズをはじめとするヴィクトリア朝作家の小説を凌駕するとも評されている[*4]。現代世界の子ども概念の「揺らぎ」や「危機」を反映したこの小説群は、近年欧米の研究者の関心を集め始めているが[*5]、体系的な研究はまだほとんど行われていない。イギリス文学における「子ども表象」の研究は従来、ロマン主義時代からヴィクトリア朝やエドワード朝までの正典的作品を論じたモノグラフや、子ども像を概説的・通史的に扱った著作[*6]が主流であり、現代小説に焦点を絞った研究は現時点ではまだまだ手薄であると言わざるを得ない。そこで本書では、一九七〇年代から二〇一〇年代までのチャイルドフッド・ノヴェル（子どもを中心的主題とする小説）を取りあげ、同時代の学問的および社会的コンテクストから抽出したテーマ群に基づいて作品内の子ども表象を多角的に読み解いてみたい。本書のねらいは、イギリス文学で長い伝統を有する子ども表象が一九七〇年代以降の小説においてどのような具体的展開を見せているのかを解き明かすことにある。

＊

一八世紀後半から二〇世紀前半のイギリス文学における子ども像を成長／退行のシンボルとして論じた古典的名著『子どものイメージ』の中で、ピーター・カヴニーは次のように述べた――「現代文学がしばしば子どもを扱っているのを見れば、これほど多くの作家に選択させるだけの共通した客観的要因があるのではないかと受けとれる」[*7]。本書が対象とする一九七〇年代から二〇一〇年代までの子どもを扱った現代小説に関する限り、その流行の背景にある「客観的要因」としては、どのようなことが考えられるであろうか。ここでは、この問題について二つの観点から整理してみたい。

1　子どもに関する学問的言説の影響

一九六〇年代に学問的研究対象としての「子どもの発見」を行ったフィリップ・アリエスの仕事に基づきながら、一九七〇年代にはクリス・ジェンクスやアリソン・ジェイムズらイギリスの社会学者によって「新しい子ども社会学」が創始された。現代イギリスのチャイルドフッド・ノヴェルの隆盛は、子どもの研究に関するこの新動向と平行・連動した現象として捉えることができる。「新しい子ども社会学」が最も重視するのは、子ども（らしさ）とは「社会的構築物」である、という論点である。つまり子どもを「自然」で普遍的な存在としてではなく、特定の社会や文化のイデオロギーによって構築される存在と見なすのである。こうした子どもの「構築性」の強調と「脱自然化」の傾向は、本書で取りあげるチャイルドフッド・ノヴェルにも通底する要素であり、この点からは以下の四つのテーマを抽出することができる——(1)子どもの文化的構築に関わる言説の検討、(2)発達論的子ども観の否定、(3)「ロマン派的子ども像」の解体、(4)「排斥」の論理による子どもらしさの構築。

2　子どもを取り巻く社会状況の変化

一九七〇年代以降、子どもを取り巻く社会状況は大きな変化を経てきた。その変化をもたらしたものとして、家族形態の多様化、福祉削減による貧困の拡大、子どもを巻き込んだ犯罪事件の増加、新自由主義的教育改革による管理・統制の強化などを挙げることができる。現代イギリスのこうした状況を把握するには、ウルリッヒ・ベックやアンソニー・ギデンズらの社会学者が唱える後期モダニティ論を参照するのが有効であろう。[*8] 後期モダニティ論によれば、現代世界においては、伝統的な社会制度が衰退し人間関係が希薄化するなか、多様なリスクに直面した個人は自己選択に基づいてライフコースを決定するよう求められ、ゆえに誰もが存在論的不安を抱かざるを得なくなる。[*9] 現代イギリスの子どもが生きるのはまさにそうした世界にほかならず、本書で扱うチャイルドフッド・ノヴェルにもこのような後期モダニティ的状況が反映されていると考えられる。以上を踏まえると、現代の子どもを取り巻く社会状況の変化からは次の四つのテーマを抽出することができる――(5) 多様化した家族形態の中の子ども、(6) 公営団地小説における子どもの「エージェンシー」、(7) 子どもを殺す子どもたち、(8) 新自由主義的子ども。

本書では、現代イギリスにおけるチャイルドフッド・ノヴェルの流行の背景にあると考えられる右記二つの要因から導き出される八つのテーマに関連した作品を各章で一作ずつ取りあげ、テクストの精読に基づいて作品内の子ども表象を読み解いていく。

各章の概要は以下の通りである。

（1）子どもの文化的構築に関わる言説の検討

第1章で取りあげるサラ・モス『夜間の目覚め』（Sarah Moss, *Night Waking*, 2011; 未邦訳）の主人公アナは、二人の幼い子どもを育てる母親であると同時に、常勤のポストを得る途上にある歴史学研究者でもある。一九世紀イギリス史を専門とする彼女は現在、ロマン派の子ども礼賛と同時代の子ども収容施設の拡大との関連を論じたモノグラフを執筆中である。『夜間の目覚め』で特に興味深いのは、子どもの歴史に関するアナの学問的著作の執筆過程がメタフィクション的に描かれている部分である。それらの箇所を通じてこの作品は、子ども（らしさ）の歴史的構築性そのものを自己言及的に主題化していると言える。さらに、同様の観点から注目すべきは各章冒頭に掲げられたエピグラフである。これらはアンナ・フロイトやジョン・ボウルビィらの発達心理学的著作の引用から構成されており、各エピグラフはテクスト本体の内容と有機的に関連している。つまり発達心理学的な言説が「子どもの性質と扱い方についての支配的な文化的仮定」[*10]を形成していることが、アナ自身の日々の育児の実践や、彼女の子どもたちについて周囲の人々が語る言葉を通じて浮き彫りにされるのである。本章では、以上のようにアカデミックな言説を意識的に自らの内に取り込んだテクストとしての『夜間の目覚め』が、どのようにして子どもの文化的構築性を前景化しているのかを分析する。

（2）発達論的子ども観の否定

第2章で論じるトビー・リット『デッド・キッド・ソングズ』（Toby Litt, *deadkidsongs*, 2001; 未邦訳）では、新しい子ども社会学がしばしば批判の対象とする発達論的子ども観が解体される。発達論的子ども観によれば、子ども期から成人期への移行は無垢から経験へ、あるいは非合理から理性へと至る成熟の過程として捉えられる。『デッド・キッド・ソングズ』では、子どもの成長をそうした単線的発達と見なす本質主義的な観点が、ビルドゥングズロマン（教養小説）的物語構造の転覆を通じて退けられる。本作は複雑な入れ子の構造を持つ。外枠の語り手である十四歳の少年マシューは自殺した父の遺した手稿を発見する。この手稿の内容が「埋め込まれた物語」となっており、読者はマシューと一緒にそれを読んでいくという仕掛けである。そこでは、マシューの父が友人たち三人とともに子ども時代に作った「ギャング」と呼ばれる疑似軍隊的なグループの活動の詳細が語られる。マシューの父は「ギャング」の歴史を自らの自己形成《ビルドゥング》の物語として構築しようとするが、その試みに失敗し、自ら命を絶つ。マシューの父が語る子ども時代の物語は、大人としての安定した確固たるアイデンティティの獲得へと収束することは決してなく、互いに矛盾する破綻した二重の結末をもって終わる。本章では、ビルドゥングズロマンに内在する目的論的な子どもの発達モデルが『デッド・キッド・ソングズ』において形式・内容の両面で無効化されていることを解明する。

(3)「ロマン派的子ども像」の解体

子ども(らしさ)の「構築性」の問題と密接に関連したテーマとして、ロマン派的な子ども像(＝本来的に善良で無垢な、大人にとっての範ともなり得る子ども)の解体を挙げることができる。ロマン派の詩を起源とし、ヴィクトリア朝小説が継承してルイス・キャロル以降の児童文学を通じ神話化された「ロマンティック・チャイルド」は、現代イギリス小説では様々な方法によってその人工性を脱構築されていると言える。その実例として、第3章ではイアン・マキューアン『セメント・ガーデン』(Ian McEwan, *The Cement Garden*, 1978)を取りあげる。本作では、母親の死体をコンクリ詰めにして地下室に隠したまま子どもたちだけで暮らす兄弟姉妹の異常な生活が描かれる。マキューアンは主人公兼語り手である十四歳の少年ジャックの造型を通じてロマン派的子ども像の批判的再検討を行っている。本章では、①子どもの自己充足性、②閉じられた空間、③視覚的経験の強調というロマン派的なモチーフ／トポスが『セメント・ガーデン』においていかにパロディ化され、リライトされているかを検討してみたい。結論として、ロマンティック・チャイルドの解体によって「ゴシック化された子ども」という新たな子ども像を提示する現代イギリス小説の傾向をマキューアンが先取りしていたことを指摘する。

（4）「排斥」の論理による子どもらしさの構築

第４章では、ドリス・レッシング『破壊者ベンの誕生』（Doris Lessing, *The Fifth Child*, 1988）を取りあげる。この小説は、ヴィクトリア時代に逆戻りしたかのような幸福な中流家庭が「五人目の子」ベンの誕生と成長によって崩壊していく様を、焦点化人物である母親ハリエットの視点を通して描いたものである。本章では、怪物的な子どもとしてのベンの表象をテクストに即して分析することで、「子どもらしい子ども」の構築が「排斥」の論理を通じて行われることを明らかにする。本作においてベンは様々な領域やジャンルの言説（民話、ゴシック小説、骨相学、ホラー映画など）から引き出された「絶対的他者性」のイメージを付与され、彼の兄姉たちが代表する「子どもなるもの」（いわゆる「大文字の子ども（the Child）」）の規範から逸脱した存在として表象される。この点を踏まえ、子ども社会学の第一人者クリス・ジェンクスによるジェームズ・バルガー事件（十歳の少年二人が二歳の幼児を殺害した一九九三年の事件）の新聞報道の分析を援用しながら、子どもらしさの構築と骨がらみである「概念的排斥」の問題を主題化した作品として『破壊者ベンの誕生』を読み解いてみたい。怪物的子どもとしてのベンは、monster の語源（L. *monere*「警告すできる。

る」）の通り、「子どもなるもの」が構築される過程に潜む暴力性を読者に示していると言うことが

（5）多様化した家族形態の中の子ども

第5章ではニック・ホーンビィ『アバウト・ア・ボーイ』（Nick Hornby, *About a Boy*, 1998）を論じる。この小説は一九九〇年代のいわゆる"lad lit"（若い男性向け小説）を代表する作品である。lad lit は基本的に二十代から三十代の男性による一人称語りの告白小説と定義されるが、『アバウト・ア・ボーイ』が異色であるのは、焦点化人物として中年男性と少年を設定し、二人の視点を章ごとに切り替えるという構成を取っている点である。主人公の一人である十二歳の少年マーカスは、鬱病で自殺傾向のある母親と（機能不全の）単親家族を形成しつつ、他方で遊び人の中年男性（もう一人の主人公ウィル）の中に代理父を見出し、疑似親子的な奇妙な関係を発展させていく。現代的な複雑化した家族形態の中で生きるマーカスは、近年の家族社会学が強調する子どもの「レジリエンス」（柔軟な回復力）を体現するかのように、母親と疑似父双方との間に「年齢の逆転」に基づいた関係を結び、悩みながらも成長を遂げていく。本章ではヴィクトリア朝文学研究者アーサー・エイドリアンとクローディア・ネルソンの議論を参照しながら、ディケンズ小説における大

人－子ども関係の逆転というモチーフを現代小説に応用した作品として『アバウト・ア・ボーイ』を読み解いてみたい。（メディア社会学者ニール・ポストマンが言うところの）「子ども化された大人」と「大人化された子ども」[*11]である二人の主人公は、互いの逸脱的属性を交換することで、それぞれの年齢集団に相応しい人間（標準的な「大人」と「子ども」）へと変容を遂げていくのである。

(6) 公営団地小説における子どもの「エージェンシー」

第6章で取りあげるスティーヴン・ケルマン『ピジョン・イングリッシュ』(Stephen Kelman, *Pigeon English*, 2011; 未邦訳）は、“council estate novels”、すなわち貧困層と密接に結びついた生活空間としての公営団地を舞台とする小説の代表作と目されている。この作品では、貧困家庭で暮らすガーナ人の移民少年ハリの一人称語りによって、階層的・民族的な「棲み分け」の場である公営住宅の生活に伴う困難や危険がつぶさに描かれる。物語冒頭で起こる殺人事件を調査する「探偵」役を引き受けるハリの目を通じ、読者は物質的にも社会的にも剥奪されたアンダークラスの世界を批判的に観察するよう促される。団地の平和を脅かす事件の真相を突き止めるべく奮闘するハリの姿は、新しい子ども社会学のマニフェスト的論文「新しいパラダイム？」（一九九〇年）の中でアラン・プラウトらが定式化した「自分自身と周囲の人々の社会生活を主体的に構築・決定する者[*12]」としての子どもを彷彿とさせる。本章では、タイトルの由来でもある第二の語り手の「鳩」の機能にも着目しながら、不利な環境の犠牲者にとどまらない主体的行為者としてのハリの在り様を浮き彫りにしてみたい。

(7) 子どもを殺す子どもたち

一九九〇年代は少年犯罪の増加によって（ロマン主義の遺産である）「子ども時代のイノセンス」という神話に「終止符が打たれた十年間」であった[*13]。その点でとりわけ影響力が大きかったのが、既に触れた一九九三年のバルガー事件である。この痛ましい事件に触発された小説は二〇〇〇年代以降に数多く現れ始めるが、第7章で取りあげるジョナサン・トリゲル『少年A』(Jonathan Trigell, *Boy A*, 2004; 未邦訳）はその中でも評価が高く、三十歳以下の優れた作家に与えられるジョン・ルウェリン・リース賞を受賞したほか、二〇〇七年には映画化もされている（ジョン・クローリー監督）。本作では、共に恵まれない境遇で育った十二歳の少年二人が、無断欠席や万引きといった非行を通じてホモソーシャルな絆を結び、やがて少女を残酷な方法で殺害するに至る。『少年A』では、主人公たちの犯した殺人が、暴力的行為によって強化されたホモソーシャリティに基づく幻想の世界を彼らが守り抜こうとした結果として起こったことが描かれる。「子どもを殺す子どもたち」という説明困難な事象をそのようなかたちで文脈化することで、本作は子どものイノセンスという伝統的観念を部分的に維持する方向に向かっている。しかし他方で、本作はバルガー事件の新聞報道を批判的に参照しながら、子どものイノセンス神話を支える二項対立的言説（無垢／邪悪）を脱構築してもいる。本章では、作品のこうした二律背反的なあり方そのものが、現代イギリスの子ども概念の危機を映し出していることを指摘する。

(8) 新自由主義的子ども

「新自由主義的子ども」は、現代のチャイルドフッド・ノヴェルではしばしば社会的孤児として登場する。その一例として第8章ではマーゴ・リヴジー『ジェマ・ハーディの飛翔』(Margot Livesey, *The Flight of Gemma Hardy*, 2012; 未邦訳) を取りあげる。この作品は孤児小説の古典シャーロット・ブロンテ『ジェイン・エア』(Charlotte Brontë, *Jane Eyre*, 1847) のアダプテーションであり、舞台は現代のスコットランドに設定し直されている。サッチャー政権以降の新自由主義的な枠組みの下では、自己開発の責任は国家機関から子ども個人へと移し替えられる。『ジェマ・ハーディの飛翔』の主人公ジェマは、国家にも家族にも依存しない社会的孤児として、新自由主義的な自己の理念を体現した存在であると言える。彼女はバスの中で全財産を掏られ、田園地帯を一人さまようが、行き倒れたところをレズビアンのカップルに救われて手厚いケアを受ける。国家の援助に頼らず生きることを代理親から学んだジェマはアイスランドへ旅立ち、父の故郷の村で自己のルーツを再確認し、（保存された銀行預金というかたちで）遺産を得て独立した経済的アクターとなった後、帰国してロチェスター的人物と結ばれる。本章では、このような軌跡を辿るジェマが新自由主義的主体——すなわち自助の規範を内面化し、「自分自身の企業家」として自律的な選択を行うことのできる子どもとして——表象されていることを解明する。

結論では、第1章から第8章までの作品精読を踏まえて、チャイルドフッド・ノヴェルの全般的特徴を三点指摘する（①子ども（らしさ）の社会的・文化的構築に関わる言説や制度への批判的視座、②過去の文学伝統の換骨奪胎を通じた子ども概念の再解釈、③子どもの造型そのものの多様性）。最後に、チャイルドフッド・ノヴェルが「子どもであること」の複数性を称揚し、多様でオルタナティヴな子どものあり方の可能性へ読者の目を開かせるジャンルであることを述べ、本書全体のまとめとしている。

＊

以上に概略を述べた本書の議論を通じて、個々の作品における子ども表象の特徴が明らかにされるだけでなく、チャイルドフッド・ノヴェルを現代イギリス文学の有力な一ジャンルとして包括的に把握するための基盤を構築する端緒が開かれるであろう。一九七〇年代以降のイギリスのチャイルドフッド・ノヴェルが「子どもであるとはどういうことか」を様々な角度から問い直し、現代世界を生きる子どもを捉える新たな視角を読者に提示し続けていることを解明できれば、本書の目論見は達せられたことになる。

注

＊1 本書では、国連の「児童の権利に関する条約（子どもの権利条約）」（国連採択一九八九年、日本批准一九九四年）に従い、「子ども」を「十八歳未満のすべての者」と定義する（日本ユニセフ協会「子どもの権利条約」https://www.unicef.or.jp/about_unicef/about_rig_all.html. 二〇二二年九月二二日閲覧）。

＊2 childhood novelsは、「子どもであること」とはどういうことかを主題化した小説として定義できる。言うまでもなく、この場合のchildhoodは、「子ども時代・子ども期」という人生の時期区分の意味に加え、「子どもの状態」という抽象的・観念的な意味を含んでいる。childhood novelsは「子どもであること」に関する問題意識を何らかのかたちで内包した小説を指すが、必ずしも子どもを主人公または主要登場人物とするとは限らない。

以下では基本的に「チャイルドフッド・ノヴェル」と表記する。

＊3 Sandra Dinter, *Childhood in the Contemporary English Novel* (New York and London: Routledge, 2020), 214-17. ディンターは、大人の読者を対象としたチャイルドフッド・ノヴェルのみを扱い、（対象作品の範囲を限定するという「実際的」［17］理由から）児童文学は除外している。本書もディンターのこの方針に従っている。

＊4 Ralf Schneider, "Literary Childhoods and the Blending of Conceptual Spaces: Transdifference and the Other in Ourselves," *Journal for the Study of British Cultures* 13.2 (2006), 148.

＊5 注の3と4で挙げた文献のほかに、以下を参照せよ—— Katherina Dodou, "Examining the Idea of Childhood: The Child in the Contemporary British Novel," in Adrienne E. Gavin ed., *The Child in British Literature: Literary Constructions of Childhood, Medieval to Contemporary* (Basingstoke: Palgrave Macmillan, 2012), 238; Katharina Pietsch and Tyll Zybura, "The Adult within the Literary Child: Reading Toby Litt's *deadkidsongs* as an Anti-Bildungsroman," in Sandra Dinter and Ralf Schneider eds., *Transdisciplinary Perspectives on Childhood in Contemporary Britain: Literature, Media and Society* (New York: Routledge, 2017), 34; Ralf Schneider, "Iconographies of 'Childness' and the Contemporary British Novel: Book Covers, Discourses, and Cultural Models," *Anglia* 139.4 (2022), 711-12.

＊6 例えば以下を見よ——「ロマン派的子ども像」の変遷を一八世紀からモダニズム期まで跡づけたピーター・カヴニー『子どものイメージ——文学における「無垢」の変遷』江河徹監訳（紀伊國屋書店、一九七九年［原著一九五七年］）、中世からヴィクトリア朝までのイギリス文学に登場する子どもをアウグスティヌス的原罪観の顕

われとして読み解くRobert Pattison, *The Child Figure in English Literature* (Athens, Georgia: The University of Georgia Press, 1978)、「謎としての子ども」等の根源的・原型的な子ども像をヨーロッパ近代文学にまで射程を広げて探るReinhard Kuhn, *Corruption in Paradise: The Child in Western Literature* (Hanover and London: Brown University Press, 1982)、現代文化における子どもへの両義的態度の反映を主に二〇世紀後半の英米小説の中に読み取るEllen Pifer, *Demon or Doll: Images of the Child in Contemporary Writing and Culture* (Charlottesville and London: University Press of Virginia, 2000)。

＊7 カヴニー、二九頁。

＊8 Sandra Dinter and Ralf Schneider, "Approaching Childhood in Contemporary Britain: Introduction," in Sandra Dinter and Ralf Schneider eds., *Transdisciplinary Perspectives on Childhood in Contemporary Britain* (New York and London: Routledge, 2018), 1-16; Dinter, 42-65.

＊9 ウルリヒ・ベック『危険社会――新しい近代への道』東廉／伊藤美登里訳（法政大学出版局、一九九八年）、アンソニー・ギデンズ『近代とはいかなる時代か?――モダニティの帰結』松尾精文・小幡正敏訳（而立書房、一九九三年）。

＊10 E・バーマン『発達心理学の脱構築』青野篤子／村本邦子監訳（ミネルヴァ書房、二〇一二年）、一〇七頁。

＊11 ニール・ポストマン『子どもはもういない』小柴一訳（新樹社、二〇〇一年）、一八五―八六頁。

＊12 Alan Prout and Allison James, "A New Paradigm for the Sociology of Childhood?: Provenance, Promise and Problems," in Allison James and Alan Prout eds., *Constructing and Reconstructing Childhood: Contemporary*

Issues in the Sociological Study of Childhood (London: Routledge, 2015), 7.

＊13　Phil Scraton, "Preface," in Phil Scraton ed., *'Childhood' in 'Crisis'?* (London: UCL Press, 1997), viii.

第1章

子どもの文化的構築に関わる言説の検討

——サラ・モス『夜間の目覚め』（2011年）

はじめに——研究と育児の「境界領域」

『夜間の目覚め』(*Night Waking*, 2011; 未邦訳) の作者サラ・モス (Sarah Moss, 1975–) は、小説家としてデビューする以前は一八・一九世紀を専門とする英文学研究者であった。二〇〇七年に出版された論集『ロマン主義と育児』に寄稿したエッセイの中で、モスは女性研究者／母親としての困難な経験について次のように語っている。

「ハイジャッカー」が生まれてから、私が知的機能を完全に回復したと感じられるようになるまでに二年の時を要した（息子の方でも、時間を昼と夜に分割することに関する取り決めを大筋で受け入れるまでに二年を必要とした）。……私は本稿の大半を一度に二、三センテンスのペースで書き上げた。二人目の赤ちゃんを胸に抱いて眠らせながら。間もなく私は再び大英図書館に通って、完全な文献リストとまともな脚注を付けた論文を書けるようになるだろう。しかし今のところはこれが精一杯——ロマン主義研究の実践と育児の実践が同時進行する境界領域から送る絵葉書のようなものだ。[*1]

この一節には、『夜間の目覚め』の萌芽が凝縮されたかたちで示されていると言ってよい。本作の主人公アナ・ベネットもまた、彼女の生活の「ハイジャッカー」である子どもたちの世話に手を焼き、時として精神的に限界まで追い詰められながら、研究と育児の「境界領域」から読者に語りかけてくるのである。

『夜間の目覚め』の梗概

アナはオックスフォード大学の特別研究員を務める若手（三十代前半）の歴史学者で、現在は一八世紀における子ども期の観念と子ども収容施設との関連を論じた著作を執筆中である。彼女は上流階級出身で鳥類学者の夫ジャイルズ、長男ラファエル（七歳）、次男ティモシー（二歳）とともに、スコットランド西岸沖の孤島コルセイ（Colsay）の別荘で夏休みを過ごしている。この島はジャイルズの実家であるカッシンガム家が一九世紀前半から地主として所有している土地であり、彼はそこでツノメドリの生態調査を行っている。二人の子どもたちはそれぞれ違った意味で要求が多くて何かと手がかかり、アナはほとんど片時も心が休まることがない。ティモシーは夜間に必ず目を覚まして絵本を読んでくれるようせがみ、アナから睡眠時間を奪っている。早熟なラファエルは気候変動が目下の関心事であり、環境リスクによる世界の滅亡の可能性について質問してはアナの仕事を中断させている。慢性的な睡眠不足と極度の疲労のため、アナは時として自制心を失い、子どもへ暴力を振るいそうになるのをかろうじて回避することさえある。

ある日、アナとラファエルが苗木を植えるために庭の土を掘り起こしていると、赤子のものと思われる骸骨が発見される。通報を受けた地元警察が事件として捜査を始め、アナも聴取を受ける。その後、ラファエルは夜になると屋根裏部屋から奇妙な音が聞こえると言い、死んだ赤子の幽霊ではないかと怯える。[*2] アナは赤子の身元を突き止めるために文献調査に取りかかり、やがてその子の物語を再構成する作業に没頭していく。一方、その間に医師のフェアチャイルド一家がジャイルズ所有のコテージの宿泊客としてコルセイ島へやって来る。過干渉の母親ジュディスと大学進学を控えた娘ゾーイはきわめて険悪な関係にあるが、父親のブライアンは仕事に逃避して家族の問題に向き合おうとしない。拒食症を患いながらも知的で心根の優しいゾーイはラファエル、ティモシーとすぐに打ち解け、慕われるようになる。ゾーイが子どもたちの面倒を見てくれている間にアナは資料調査の時間を確保し、研究を進めることができる。

本作では以上の主筋と並行して、書簡体形式による副筋が展開する。各章の末尾には一九世紀末のコルセイ島に滞在した看護師メイ・モバリーの手紙が挿入される。当時、島の新生児死亡率はきわめて高く、その原因は不衛生な分娩環境によって発生する破傷風にあると考えられた。看護学校で最新の産科学を学んだメイは、ジャイルズの祖先で慈善活動に熱心なサー・ヒューゴの斡旋でコルセイ島へ派遣された。しかし島の生活や文化にうまくなじめない彼女は無教養で迷信深い島民からの反発に遭い、正しい医学知識を広めることができない。そうしたメイの焦燥と苦悩が家族や友人宛ての手紙のなかで綿々と綴られる。この手紙の実物は思いがけないかたちで本筋の物語に登場する。屋根裏部屋の不気味な音の正体を探ろうとしたジャイルズがそれらを島の死骸と一緒に発見するのである。メイの手紙は、コルセイ島の記録文書とともに、アナが赤子の身元を特定するのに役立つ（その子はジャイルズの祖先と島の住民女性との間に生まれた私生児であった）。この調査結果をアナは自身の研究に取り入れ、グラスゴー大学の就職面接でその成果を発表する。面接は成功に終わり、専任職の内定を得たアナが人生の新たな段階へ向かおうとするところで物語は幕を閉じる。

多様な言説の取り込み

『夜間の目覚め』がチャイルドフッド・ノヴェルとしてとりわけ興味深いのは、この小説が子ども期の構築に関わる様々なテクストを自らのうちに取り込み、その一部を物語の参照枠として利用していることである。それらのテクストとは、(1)発達心理学の著作、(2)児童書・育児書、(3)アナの自著である。以下、順に取りあげて検討していこう。

(1) 発達心理学の著作

本作ではすべての章の冒頭にエピグラフが掲げられている。そのほとんど（全十六章中十四章）[*3]がアンナ・フロイトとジョン・ボウルビィの発達心理学的著作からの引用文である。各章のタイトルがエピグラフ中のフレーズから取られていることからも、本文テクストの内容とエピグラフが有機的に関連していることがうかがえる。

ジェラール・ジュネットが論じた通り、パラテクストとしてのエピグラフは本文テクストを周縁から「注釈する」機能を持つ。しかし、「その意味はテクストを読み通さない限りはっきりしないし、確認もできないことがしばしば」であり、ゆえに、それを読み解くのは「読者に課せられた仕事であって、多くの場合、読者の解釈能力が試されているのである」[*4]。では、『夜間の目覚め』においてエピグラフはどのような意味を担わされているのだろうか。

フロイトとボウルビィの著作からの引用文で構成されるエピグラフは、主題によっておおむね次のように分類することができる——①子どもの発達（第一・七章）、②子どもを対象とした実験（第二・五・十一章）、③母子関係（第六・九・十・十三・十四・十五章）。それぞれについて内容を見てみよう。

①子どもの発達に関する二つのエピグラフは、フロイトの著作からの引用である——「個人が快感原則から現実原則へ進展しないならば、社会的行動は出現しえないということは現在でもなお真実である」[*5]。「あまり充分に強調されてはいないが、防衛能力は、攻撃能力より後に発達するということは、すでに知られていることである」[*6]（113）。ここでは、子どもの発達が直線的・連続的な段階から成る一つの過程として自然視されていることが分かるだろう。『夜間の目覚め』はこれらのフロイトの文章を子ども期に関する「真理の透明な反映」[*7]として扱うのではなく、むしろ子ども期を構築する様々な言説の一つとして「脱自然化」し、その客観性に疑問を投げかけていると言える。

②子どもを対象とした実験を主題とするエピグラフ群では、右で触れた発達心理学の「客観性」を担保する様々な「実験」が言及される。これらの引用文において、発達心理学は「実証的」な自然科学の装いの下に現れる。例えば第二章のエピグラフでは、「鉄道遊び」の観察に基づいて子どもの隠された興味や好奇心を推定することができると述べられる。すなわち、「トンネル掘りや地下鉄線路づくり」に没頭していればその子どもは「身体の内部」に関心を抱いており、車やバスに重い荷物を積んで運ばせていれば「妊娠した母親」のことを考えているといった具合である[*8]

(26)。『夜間の目覚め』にはこうしたフロイトの記述のパロディと思われるくだりがある。アナの長男ラファエルはレゴ遊びを好むのだが、彼が最も熱中して組み立てるのは「滅亡の運命を免れ得ない大都市」(222) である。環境危機によって引き起こされる世界の破滅が一番の関心事であるラファエルにとって、「『ローマ帝国の都市生活』［という本］を参考にしながらレゴでポンペイの町を作る」(150) のはごく「自然な」遊びなのである。これは帰謬法 (*reductio ad absurdum*) 的な筆法と言うべきで、つまり不条理な結果に至るまでその議論を極端に推し進めることで、モスは発達心理学が生産する子ども期に関する「真理」に揺さぶりをかけていると考えてよいだろう。

③ 母子関係に関するエピグラフ群は、本作において最も重要なものである。例として第十三章のエピグラフを見よう。

> 子どもの要求（食物、睡眠、暖かさ、運動、快適さ、友だち）に注意し、誤解したり、混同したりしないで満たしてやるのは母親の仕事であり、しかも自分のスピードやリズムでやるのではなく、子どもに合わせてやらなければなりません。[*9] (257)

この一節は、母親は「子どもの要求」を満たすことを他の何よりも優先させなければならないと述べ、母子関係のあり方を強い規範的な言葉で規定している。同様に第九章のエピグラフでは、母親の側に「愛情」がありさえすれば、「子どもの絶えざる要求」は「少しもやっかいなもの」とならないことは「常識」[*10]（164）であると述べられる。ここでは母親は愛情深い無私の養育者として、また子どもは無力で依存的な被養育者として自然化されている。同じことが、ボウルビィの著作からの引用である第六章のエピグラフについても言える――「傷害を受けた子どもたちの中に、望まれていない、しかも愛されていない子どもたちや……母親が自分自身の問題に気をとられて心配している場合が多かった」[*11]（94）。フロイトとボウルビィの理論においては、子どもの正常で健全な発達は母親が育児に専心するという条件下でのみ可能とされる。そして子どもの「要求」は単一の養育者（＝母親）に集中する。したがって、子どもの必要を満たすうえでの母親の責任が過度に強調されることとなる。モノトロピズム（単一性志向）として知られるこの原則は、普遍的な母子関係のあり方を規定するというよりも、育児における母親の役割を偏重する戦後社会の価値観を反映するに過ぎないとして（特にフェミニズムの立場から）厳しい批判を受けてきた。[*12]しかしそうした批判にもかかわらず、フロイト／ボウルビィ的な子育てモデルは「徹底育児（intensive mothering）」や「新母親中心主義（new momism）」といった新たな名称を与えられながら現代にまで連綿と受け継がれている。[*13]

この点に関連して、E・バーマンは『発達心理学の脱構築』において次のように喝破した——「発達心理学が作り出し推奨する言説〔は〕……学問という比較的限られた領域の中だけでなく、その外部でも作用し……私たちの日常生活や自己感に強力な影響を与えている」[*14]。この指摘の正しさを例証するかのように、『夜間の目覚め』ではフロイト／ボウルビィ的な子育てモデルの影響が、コルセイ島の住人たちがアナに対して示す言動のなかに見出される。二つの場面を取りあげてみよう。一つ目はアナが別荘に子どもたちを残したまま、離れのコテージでパソコン作業をする場面である。アナは仕事関連のメールをチェックしたり、**J-STOR**（学術雑誌データベース）で論文を検索したりしながら、学会や研究のことについてとりとめのない考えを巡らせている。するとそこへ別荘の管理人ジェイクが突然姿を現わし、声をかけてくる——「お子さんたちはどうしたんですかい？」。アナは次のように答える——

「モスはお昼寝中だし、ラフはレゴで遊ばせてるわ。メールをチェックしなければいけなかったの。」……

ジェイクはパソコン画面に目を留めた。まるで私がポルノ画像をダウンロードしている現場を取り押さえでもしたかのように。……

「もし女房がうちの子らをそんな風に扱ってたら殴ってやるとこだね。」(85)

アナは実際に殴られたかのような衝撃を覚えながらもジェイクに反論を試みるが、彼は全く取り合おうとしない。それ以来、アナはコテージに行くたびに「ジェイクが肩越しにのぞき込んでいるのではないかと感じる」(146) ようになる。「悪い母親」として彼女を非難するジェイクの視線がこうしてアナのなかに内面化されるわけである。二つ目の場面は、別荘の庭で遺骸が発見された赤子の事件の捜査のために地元警察の刑事マクドナルドがアナのもとを訪れるくだりである。マクドナルドもジェイクと同様、アナの「育児放棄」を見とがめて次のように言う——

「カッシンガム夫人、あなたはいつもお子さんたちをふたりだけにしているのですか？……仕事がどれだけ大変であるにせよ、お子さんたちの世話を何より優先させるべきではないですか。」(86)

このように言われたアナはその場を立ち去り、罪悪感に駆られながら考える——「私には無理なのだ、母であるということの状態が。私は子どもを持つべきではなかった」(87)。ジェイクやマクドナルドは、社会のなかに遍在し、母親中心の子育てモデルを強要する「育児警察」（172）や「母性の審判者」（298）を体現する存在であると言えよう。これら二つの場面から分かるのは、母子関係に関するエピグラフ群が、アナの母親としての振る舞い、および彼女と子どもたちとの関係を作中人物たちが判断・評価する際の準拠枠として機能しているということである。

アナはフロイトやボウルビィが提示する規範的な母親像からは明らかに逸脱している。「私は母親であることが好きではない」（130）と語り、専業主婦は「メアリー・ウルストンクラフトやエメライン・パンクハーストやベティ・フリーダンが念頭に置いていたことではない」（17）と信じる彼女にとって、自分の願望や欲求よりも子どもの要求を優先させるのは全く「自然な」ことではなく、大きな困難を伴うのである。[*15] しかし同時に興味深いのは、島の住人たちを通じて間接的に強要されるフロイト／ボウルビィ的育児観を拒絶しながらも、アナ自身その影響から完全に免れている[*16]わけではないということである。最終章で、アナは就職面接を受けるために二、三日の間子どもたちをジャイルズに託してグラスゴーへ出かける。ラファエル、ティモシーと別れる直前、アナは「この仕事を得られるごくわずかな見込み」は子どもたちが被るかもしれない「心理的ダメージ」（352）と釣り合うものなのだろうかと訝り、結局のところ「自分の子どもから離れるのは自然に反することなのではないか」（352–53）と自問する。彼女がこのように考えて「心が痛む」（354）のは、

「期間の長短を問わずいかなる不在も、後々までも響く影響力を発揮する可能性がある」[*17]とする発達心理学の理論によってアナ自身の子どもに関する思考や子育ての実践が枠づけられているからにほかならない。

(2) 児童書・育児書

「一匹のねずみが深くて暗い森の中を歩いていきました」――ジュリア・ドナルドソンのベストセラー童話『グラファロ』(Julia Donaldson, *The Gruffalo*, 1999)の書き出しの一文は、本作の中で随所に引用される。アナの次男ティモシーがこの絵本の読み聞かせを昼となく夜となく執拗にせがむからである。そのためにアナの仕事はなかなかはかどらない――「私は今やジャン・ジャック・ルソーよりジュリア・ドナルドソンの作品に詳しくなっているのではないかと思う」(8)。『夜間の目覚め』はこうして育児と研究の「暗い森」で道を失い、苦闘する主人公の内的独白から成る小説なのである。

本作ではこの他にも児童書が頻繁に言及されるのだが、それは子ども期の構築に関わるテクスト――その点ではドナルドソンの絵本もルソーの教育論も等価であるとアナは考えている――に対する批評的な視点を主人公が持っているためである。例えば、ティモシーの求めに応じてジュディス・カーの古典的絵本『おちゃのじかんにきたとら』(Judith Kerr, *The Tiger Who Came to Tea*, 1968) をアナが読む (暗唱する) 場面を見よう。

「ママー、トラさんを読んで!」
「ある日」私は言った。「小さな女の子とお母さんがケーキを食べていました。というのも、その頃は子どもに毎日ケーキを与えることが許されていましたし、それは時間をつぶすためにも役立ったからです。するととつぜん、ドアをノックする音がしました――」(94)

アナはここで絵本の原文を巧みにリライトしながら、子どもの扱い方の歴史的相対性に関する皮肉なコメントを加えているのである。同様に、カー作の別の絵本『モグとあかちゃん』(*Mog and the Baby*, 1980) をアナは次のように論評してみせる。

素朴を装いながら産後鬱について語った物語であり、泣き叫ぶ赤ん坊を親切な隣人に一時間ほど預けて買い物に出かけるとどうなるかということに関する見え透いた警告を含んでいる (赤ん坊は車が行き交う道路にハイハイして出ていき、あり得ない所にいた猫のお陰で救われる。

母親はその後一生、猫に感謝と奉仕を捧げなくてはならなくなる）。（144）

彼女はこれらの児童書を取りあげながら、そこに描かれた育児習慣、およびそれが示唆する子ども観の「歴史的特殊性」（212, 344）を鮮やかに剔出していると言ってよいだろう。

同様の観点から注目に値するのが育児書である。本作でアナはたびたびそれらのテクストに言及し、具体的なタイトルを挙げたり本文を引用したりする。例えば次のようなくだりがある。

私は『幸せな赤ちゃんと子ども』を読み、罪悪感を感じることに集中した（「あなたの子どもが本当に必要としているのは、今もこの後も、あなたが彼を愛し認めているという絶対的な安心感なのです」）。（154）

子どもにとっての幸福を重視したこのような育児法を説くマニュアル本（他にも『幸せな子どもを育てる』［178］という本が言及される）を熱心に読みつつ、アナはそれらに対して一定の距離を置いた批評を加えることも忘れない――「私たち自身が［幸福を］達成できないのであれば」、子どもたちにそれを期待するのは「不合理な重荷」（283）ではないか、というのである。子どもの幸福の最優先という言説もまた（アナのお気に入りのフレーズを使えば）「きわめて歴史的に特殊な観念」（330）であり、子どもの歴史の研究者としての彼女はそれを相対化する視点を身につけている。換言すれば、アナは子ども期に関わる言説が提供する「規範的説明」が「自然化された訓令」[*18]として機能し得ることを知悉しているのである。また、アナは執筆中の自著のなかでも育児書を論じている――「子ども期に関するどちらかと言えば通俗的な文献、特に育児手引書という新ジャンルが圧倒的な関心を寄せるのは、ホモ・エコノミクスの問題にほかならない」（20）。つまり一八・一九世紀の育児書は子どもを「資本主義の時代の有用な消費者・生産者」（9）に仕立て上げることに重点を置いていたとアナは見ているのだが、ここでも、子どもの観念史の専門家として彼女は育児書の主張の歴史的相対性を深く認識しているのである。

(3) アナの自著

右で触れたアナの自著についてもう少し詳しく見ていこう。彼女が執筆中の本のタイトルは「『よい種まき時』――一八世紀後半の英国における子ども期の発明と施設の出現』」（4）である（「よい種まき時」はワーズワス『序曲』第一巻からの引用）。この本は、ロマン主義文学における子ども時代の理想化と、子どもを養護・訓育施設に収容する同時代の傾向との間に見られる逆説的な関係を論じたものである。第一章でアナ自身がその概要を次のように説明している。

私の本は、ロマン主義文学において子ども期が純真と歓喜の時として称揚されたことと、同時代に寄宿学校、孤児院、病院、監獄といった収容施設が増加したこととの間の関連について論じている。(9)

ここで言及される「施設」について、アナが自著の中で具体的にどのような切り口から論じるのか作中では明らかにされないが、彼女が想定しているものの一つは恐らく、ロマン主義時代に提唱され始めた「マドラス方式」を採用した寄宿学校ではないかと考えられる。簡単に述べておくと、マドラス方式とは、まず教師が上級生を教え、次に上級生が助教生となって下級生を教えるという段階的な教授法のことである。教室の空間は学年ごとに分割され、教師が全体を俯瞰して統括する一方、助教生は各学年の指導に当たり、さらに生徒同士は互いの行動を点検し合い、怠慢や過失があれば報告するよう義務づけられた。マドラス方式は工場労働の原理に基づく教育方法であり、時計のような規則正しさと絶え間ない監視によって生徒たちを厳密に管理した。アラン・リチャードソンが明らかにした通り、「子どもの自由と想像力の擁護者とふつう見なされる」ワーズワスやコールリッジらロマン派詩人たちはこぞってマドラス方式の「社会的有用性」を認め、明確な支持を与えたとされる。[*19] このマドラス方式の事例にも見られる通り、ロマン派的な子どもの礼賛と抑圧的な子ども収容施設の出現が同時代に起こったことを、アナは相反する二つの子ども観の顕われとして読み解くのである――「幼児のイノセンスを信奉したことで名高い時代が、それと等しく、また同時に、小さな野蛮人たちを施設で馴化するという考えに傾倒していたのは興味深い事実である」(9)。ここには、歴史的構築物としての子ども時代という中心的なコンセプトが明確に提示されている。アナの著作の目的は、子ども期の観念が歴史を通じて多様な言説や制度の影響を受けながら複雑に形成されてきた点を明らかにすることにあると言ってよい。それは次の一節にもはっきりとあらわれている。

何も変わりはしない。現代の育児本にも見られる通りだ。赤ん坊は美しい内的自己を備えて生まれてくるので、われわれはそれを尊重し解放してやらねばならない。……あるいは反対に、赤ん坊は原始的な欲求の束として生まれてくるので、社会化を通じて人間らしさを身につけさせなければならない。(9)

イノセントな子どもと邪悪な子どもというこの二分法は子どもの歴史ではおなじみの分類法であり、様々なヴァリエーションが存在するが（例えばクリス・ジェンクスの「アポロン的子ども」と「ディオニュソス的子ども」[*20]）、アナがここで言いたいのは、子どもは常に様々な異なる解釈にさらされながら構築されてきた存在であり、その性質は普遍的なものでも自然なものでもないということである。

この中核的論点をアナは自著の序論で具体例を用いて説明している。彼女曰く、この本は「独創的とは言えないやり方で、つまり、すでに複数の子どもの歴史で「突き出し《アミューズ・ブーシュ》」として扱われてきたアヴェロンの野生児」（18）の議論から始まる。一七九七年にフランスのアルプス地方で発見され、当時十二歳と推定された「野生児」は人間社会との接触を断たれて成長したため、言葉を話すことができなかった。「社会の外で育った人間として、［野生児は］哲学的実験の完璧な被験者となった」（18）とアナは指摘する。彼女はこの点から議論を発展させ、「野生児」が様々な子ども期の言説がそこへ投影される一種の「タブラ・ラサ」として機能したことを論証していく。つまり、彼は「幼児のホモ・エコノミクス、つまり消費者・生産者としての可能性を解放してやらねばならない者」（20）として語られるのみならず、「この時代の多くの（特に少年向け）教訓的児童文学の主人公のプロトタイプ」（42）ともなったというのである。

アナの著作はこのように様々な言説や制度が子ども期の構築に関わり、それを取り囲んで規定していることを明らかにするのだが、さらに興味深いのは、アナの著作自体がまさに子ども期の歴史的構築に関与するテクストの一つとして前景化されている点である。アナはしばしば自著の書きかけの一節をそのまま引用し、コメントを加える。例えば第三章で、一八世紀の文学市場と育児手引書の関係を考察した一節を引用した後で、アナは入念な推敲を行いつつ次のように語る。

副詞が多すぎる。私は「鋭く」と「奇妙に」を削除し、それから「表面上は」を削って「奇妙に」を結局残すことにした。この章全体を読み直してみて、最初の三ページには引用がなく、したがって脚注もないことに気付いた。これは晦渋さの確保と批判の回避という二重の学問的規範に違犯している。そこで私は論文メモのファイルを開き、議論の流れを変えずに挿入できる引用文がないかどうか、ざっと目を通した。(43)

この一節では、学術的な文章作成を規定する様々な決まりごとが自意識的に言及されている。同様に第五章では、子どものためのユートピア的な施設を論じた一節を引用したうえで、アナは次のように述べる。

「エントロピー」は時代遅れなので削除したが、「私は考える」の個人的な調子を相殺するかもしれない格式的表現として元の位置に戻しておいた。時おり一人称を使用する危険を冒すのは比較的大胆な研究者に限られるし、オックスフォードの特別研究員の間ではいまだに無作法と考えられている。(74–75)

これらの箇所では、出版されたテクストではなく完成途中の原稿から文章が引用されることで、アナの著作が執筆される過程そのものに注意が向けられる。この仕掛けを通じて、子ども期の歴史的構築性を明らかにするアナの研究書自体がその構築プロセスの一部であることが自己言及的に暴露されていると言ってよいだろう。

おわりに——子ども期の構築性の主題化

以上に論じてきたように、『夜間の目覚め』は学者であると同時に母親でもある人物を主人公に据えることで、研究と育児という異なる領域に存在する多様な言説を取り入れ、発達心理学、児童書、育児書、歴史学のテクストにおいて子ども期が構築される過程を巧みに描き出した小説である。

最初に述べた通り、研究と育児という「境界領域」を自ら経験したモスであればこそ書き得た傑作と言うべきであろう。本作は新しい子ども社会学の中心的命題でもある子ども期の構築性という概念を主題化した作品であり、現代イギリスのチャイルドフッド・ノヴェルのなかでもひと際知的に洗練された一作として評価されなくてはならない。

注

＊1 "On Romanticism and Parenting in Practice," in Carolyn Weber ed., *Romanticism and Parenting: Image, Instruction and Ideology* (Newcastle upon Tyne: Cambridge Scholars Publishing, 2007), 139, 144-45.

＊2 『夜間の目覚め』におけるゴシック小説的モチーフについては以下を参照せよ —— Timothy C. Baker, *Contemporary Scottish Gothic: Mourning, Authenticity, and Tradition* (Basingstoke: Palgrave Macmillan, 2014), 99-104.

＊3 残り二章のエピグラフは嬰児殺し（infanticide）に関する研究書からの引用である。これらは子どもに対するアナの暴力衝動に関連していると考えられる。

＊4 ジェラール・ジュネット『スイユ——テクストから書物へ』和泉涼一訳（水声社、二〇〇一年）、一八五頁。

＊5　アンナ・フロイト『児童期の正常と異常――発達の評価1965』黒丸正四郎・中野良平訳（岩崎学術出版社、一九八一年）、一四五頁。Sarah Moss, *Night Waking* (London: Granta, 2011), 1. 以下、本作からの引用はすべてこの版に拠り、本文中で括弧内に頁数を示す。

＊6　アンナ・フロイト『家庭なき幼児たち――ハムステッド保育所報告1939–1945（下）』中沢たえ子訳（岩崎学術出版社、一九八二年）、一八一頁。

＊7　E・バーマン『発達心理学の脱構築』青野篤子・村本邦子監訳（ミネルヴァ書房、二〇一二年）、二頁（訳文を一部変更した）。

＊8　フロイト『児童期の正常と異常』、一五–一六頁。

＊9　アンナ・フロイト『児童分析の指針（下）1945–1956』黒丸正四郎・中野良平訳（岩崎学術出版社、一九八四年）、二〇〇頁。

＊10　アンナ・フロイト『家庭なき幼児たち――ハムステッド保育所報告1939–1945（上）』中沢たえ子訳（岩崎学術出版社、一九八二年）、一五〇頁（訳文を一部変更した）。

＊11　J・ボウルビィ『母子関係の理論 新版II 分離不安』黒田実郎他訳（岩崎学術出版社、一九九一年）、一五九–一六〇頁。

＊12　Mary Jane Kehily, "Childhood in crisis? An introduction to Contemporary Western Childhood," in Mary Jane Kehily ed., *Understanding Childhood: A Cross-disciplinary Approach* (Milton Keynes: The Polity Press, 2013), 124.

＊13 「徹底育児」や「新母親中心主義」は、フロイト／ボウルビィの理論を再強化する言説であり、「子どもは母親の人生の全てを支配する焦点・目的であるという前提」に基づいて「おびただしい量の時間、エネルギー、物的資源を子どもに費やす」よう母親に要求する（Andrea O'Reilly, "The Motherhood Memoir and the "New Momism": Biting the Hand That Feeds You," in Elizabeth Podnieks and Andrea O'Reilly eds., *Textual Mothers/Maternal Texts: Motherhood in Contemporary Women's Literatures* [Waterloo: Wilfrid Laurier University Press, 2010], 205-07）。オライリーが指摘する通り、「徹底育児」の言説では子どもは「イノセントでこのうえなく貴重な」（206）存在として構築される。

＊14 バーマン、二頁。

＊15 アナとは対照的な母親がジュディス・フェアチャイルドで、彼女はフロイト／ボウルビィの母親モデルに忠実に従って生きてきた女性である。夫と子どものために「すべてを諦め」（331）、「料理、買い物、子どもの世話」（332）しかしてこなかったと語るジュディスは、仕事を持つ母親としてのアナの自律した人生をうらやましく思う。ジュディスはひどく不幸なアルコール中毒者であり、夫と娘との関係は機能不全に陥っている。彼女のケースは子育て・家事に専心する専業主婦の人生にも代償が伴い得るということを示唆している。

＊16 このような育児スタイルをアナに要求するのは島の住人だけではない。ラファエルもまた、フロイト／ボウルビィ的な子育てを実践している同級生の母親を例に挙げ、アナにも同じようにして欲しいと示唆する（136–37）。

＊17 バーマン、一七六頁。

*18 バーマン、五頁（訳文を一部変更した）。

*19 Alan Richardson, *Literature, Education, and Romanticism: Reading as Social Practice 1780-1832* (Cambridge: Cambridge University Press, 1994), 95.

*20 Chris Jenks, *Childhood: Second Edition* (London and New York: Routledge, 2005), 62-65. 第8章（一八一－一八二頁）も参照せよ。

第2章

発達論的子ども観の否定

——トビー・リット『デッド・キッド・ソングズ』（2001年）

はじめに――タイトルの由来

トビー・リット『デッド・キッド・ソングズ』（Toby Litt, *deadkidsongs*, 2001; 未邦訳）のタイトルは、グスタフ・マーラーの歌曲集『亡き子をしのぶ歌』（*Kindertotenlieder*, 1901–1904）に由来する。『亡き子をしのぶ歌』は一九世紀ドイツの詩人フリードリッヒ・リュッケルトの同名の詩集からマーラーが五篇を選んで曲を付けた作品である。[*1]『デッド・キッド・ソングズ』では、この歌曲集の歌詞――詩人の夭逝した娘と息子の死を悼む内容――が各章冒頭でエピグラフとして引用されている。その効果の一部は、クリストファー・テイラーが言う通り、リュッケルトの詩の純真無垢な子どもたちと本作の「不快なクソガキたち（nasty little shits）」[*2]を皮肉に対照させることにある。ではこの「クソガキたち」はリットの小説でどのように描かれているのだろう。まずは作品の梗概を確認しておこう。

『デッド・キッド・ソングズ』の梗概

『デッド・キッド・ソングズ』は入れ子式の複雑な語りの構造を持つ作品である。物語の外枠を成すプロローグにおいて、語り手の「僕」は「極秘」と記された分厚いタイプ原稿のファイルを父の書斎で発見する。父は「僕」の十四歳の誕生日前日に首を吊って死んでいた。最初のページに語り手の名前(「マシュー」)が父の筆跡で手書きされていることからすると、この原稿は彼が息子のために遺したものらしい。以後、われわれ読者は「マシュー」と一緒にそれを読んでいくことになるという仕掛けである。

最初の枠部分が終わると、物語の本体が後に続く。その中心にいるのは四人の子どもたち——アンドルー、ポール、ピーター、マシューである(ここに出てくるマシューは外枠の語り手「マシュー」とは別人物であり、他の三人のうちの誰かが原稿の作者、つまり「マシュー」の父親であることが読み進めるうちに分かってくる)。イングランドの架空の町アンプリックに住む彼ら四人は、「ギャング」(冠詞なしの“Gang”)と呼ばれる疑似軍隊的グループを形成している。物語は冷戦期の一九七〇年代に設定されており、東西両陣営の緊張の高まりを背景に、少年たちは来るべき対露戦争に備えて訓練に励み、いつの日か祖国を守る英雄となるのを夢見ている。

四人の中のリーダーは、最も力が強く冷徹で攻撃的なアンドルーである。体力的には劣るが知性の面で優れ、狡猾なところもあるポールはグループの指揮権をめぐってアンドルーと競い合う。本好きのピーターは「ギャング」の基準からするといくぶんひ弱ではあるが、公式の記録係(「アーカイブ」の保管者）という重要な役目を務める。両親を自動車事故で亡くしたマシューは妹のミランダと一緒に祖父母のもとに引き取られ、そこで暮らしている（ミランダは物語後半で「ギャング」の準メンバーとなる）。彼には同性愛的傾向があり、ピーターとの間でそうした関係をうかがわせる遊びを行う。ピーターとマシューは、アンドルーとポールに対して下位の従属的な立場に置かれるが、そのようなヒエラルキー構造は「ギャング」の軍隊的性格を正確に反映している。「ギャング」は愚かな大人たち、特にポールのリベラル左翼的な父親と、マシューの耄碌した祖父母を軽蔑し敵視している。しかしアンドルーの父親は例外で、彼は「ギャング」を厳しく鍛える鬼教官のように振る舞う一方、（妻と息子を虐待しているにもかかわらず）「ベスト・ファーザー」としても知られ、少年たち全員から崇敬されている（語り手によれば、彼は「僕らの人生に起こる最も良いことのほぼ全てに関係していた」[*3]）。

少年たちは戸外で軍事作戦の演習を行い、ベースキャンプを杭で囲ったり、小動物を想像力豊かな方法で殺したりしながら楽しくひと夏を過ごす。しかし秋を迎えると、髄膜炎に罹ったマシューの急死をきっかけとして、「ギャング」の秩序と結束は崩壊していく。残された三人はマシューの死の責任が病院への通報を怠った祖父母にあると考え、報復の計画を練り始める。ピーターの愛読書『恐竜の死』から着想を得た彼らは、老夫妻を「恐竜」と見なして「絶滅」させることを決める。

ところが報復作戦の進め方をめぐってアンドルーとポールの間に深刻な対立が生じる。権力闘争に敗れ孤立したアンドルーは制御不能となり、「恐竜ども」とミランダを猟奇的な方法で殺害した後、自らも喉を掻っ切って命を絶つ。

アンドルーの自殺が語られた直後、外枠の語り手「僕」が再び登場し、父の原稿には最終章の別バージョンが末尾に追加されていることを告げる。また、記されたコードナンバーから、原稿の作者がポールであったことも判明する。もう一つの最終章ではマシューの祖父母、ミランダ、アンドルーは全員生きており、ナチスドイツに侵略された祖国のために「ギャング」が抵抗を試みるが、最終的にポールが敵に機密を漏らし仲間を裏切った経緯が語られる。

エピローグでは原稿を読み終えた「僕」が父への考え方を新たにし、「偉大な人」として尊敬の念を表するところで物語が終わっている。

本作の問題意識——二つの概念への懐疑

以上が『デッド・キッド・ソングズ』の概要であるが、子ども表象の観点から本作を読み解くための鍵は二つあると考えられる。一つは「子ども独自の世界」という概念、もう一つは目的論的な発達の概念である。『デッド・キッド・ソングズ』はこれらの概念を懐疑的に扱うことで、子どもについて一般に広く共有されている通念に対してしたたかに揺さぶりをかける作品であると言える。

(1)「子ども独自の世界」という概念への懐疑

この小説で少年たちが形成する「ギャング」とは、「ギャング・エイジ」＝「仲間と遊ぶ年頃」と言う場合のギャング、すなわち子どもの遊び仲間集団のことを指す。教育社会学では、この時期（八歳から十二歳ごろ）の子どもは大人の干渉を排除して自分たちだけの小集団を作り、強い仲間意識を共有しながら遊びなどの活動を行うと考えられている。[*4] このような「ギャング」としての子どもたちを描いたイギリス文学作品として最も有名なのは、リッチマル・クロンプトンの『ジャスト・ウィリアム』（Richmal Crompton, *Just William*）シリーズである。日本ではほとんど知られていないが、一九一九年から半世紀にわたって発表されて国民的人気を博し、何度も映像化されて現在まで広く親しまれている作品である。[*5] 主人公のウィリアムは「好奇心が強く冒険好きで、野外活動を好む子どもの原型」[*6]と評されるキャラクターで、同様の傾向を持つ仲間たちと「アウトロー団（the Outlaws）」を結成している。『デッド・キッド・ソングズ』で描かれる「ギャング」は、クロンプトンが創造したこの少年グループを明らかに意識したものである。[*7] 構成員の数が四人であること、準構成員として女の子が一人加わること、木登りや探検といった子どもの典型的な遊びを牧歌的環境で行うことなど、両者には共通点が多い。実際、リットはクロンプトンと同じように、子どもの仲間集団に特有の「忠誠心、野望、連帯感、ライバル関係」を鮮やかに描き出したと言ってよい。しかし、リットは「ギャング」の造型にあたって「アウトロー団」を単になぞっただけではない。ブリン・パーディが論じている通り、「アウトロー団」の最も魅力的な特徴は「大人の規範から自由であること」[*8]にある。ウィリアムたちは（ほとんどの場合悪意のないいたずらや間違いによって）大人世界に一時的混乱をもたらすが、彼ら自身の価値観や行動原理が大人との接触によって変化を被ることは決してないのだ。一方、リットの描く「ギャング」は文学における子どもの仲間集団の定型をあえて崩している点が注意を引く。つまり、『デッド・キッド・ソングズ』は「ギャング」がギャングとして――「親や保護者、教師の監督や支配を逃れて」形成される「子ども独自の世界」[*9]としては――成立し得ないことを痛切に描いた作品なのである。

「ギャング」を「子ども独自の世界」として成り立たなくさせているのは、アンドルー父の介入と影響にほかならない。ピーターの「アーカイブ」に記録されている通り、「ギャング」には十か条の会則が定められているが、その中に次のような条項がある――「大人たちを信用すべからず。ただしアンドルーの父は例外とする。彼こそはギャングの影の会長である」（213）。子どもの仲間集団においては通常、「大人の権威による道徳（＝他律的道徳）から、子ども社会に没頭する中で自分たちで作った規範・規則を遵守する自律的道徳への移行が見られる」[*10]とされる。しかし「ギャング」の場合、その価値規範はアンドルー父のイデオロギーの強い影響を受けて形成されたものであり、少年たちが「自分たちで作った」と言うにはほど遠い。右に引用した会則の条項から明らかなように、「ギャング」の「子ども独自の世界」としての自律性はアンドルー父の存在によって最初から侵されているのである。

アンドルー父による子ども世界の自律性の剥奪は、息子への虐待的扱いにおいて最も端的なかたちであらわれている。アンドルーが父親から虐待を受ける場面には、彼の内面が意識の流れの手法で描かれる注目すべき一節がある。

　僕は上着を台無しにした。僕は馬鹿で思慮が足らず、自分がどれだけ恵まれているか分かってない、僕は今すぐ寝ないといけない、お母さんが僕に作ってくれたおいしい夕食には口をつけずに、見てみろ、だが待て、そもそもなんでそんなことになった？（僕は答える、僕は消火訓練について説明する。）僕は何をしようとしてたのか、自殺でもするつもりだったのか？　いずれにせよ誰も気にも留めないだろうが。僕が死んだところで世の中にとって大きな損失にな

るわけでもないだろう？（340）

アンドルーの内的独白は、父が彼に向かって吐く罵倒的な言葉によって構成されている。ここでアンドルーは父に言われたことを一人称で反復し、それを自身に関する真実として述べている。自分の言葉をほぼ完全に消し去られ――彼の発話は括弧内で短く示されるにとどまる――、アンドルーは父の虐待的な言葉でしか自己について語ることができなくなっているのである。

このようにしてアンドルーの意識は父の思考に侵され自律性を奪われるが、同様のことが「ギャング」の他の少年たちについても言える。アンドルー父は「ギャング」の軍事演習に時おり自ら参加し、茂みに潜んで奇襲攻撃を仕掛けたり、住宅の屋根から一斉射撃を浴びせる（ふりをする）といった行動を取る。当時の訓練について語り手は次のように回想している。

少将［アンドルー父］の課す任務が僕らにとってどれほど重要に思われたかを伝えるのは（不可能ではないにせよ）困難である。任務に取り組んでいる間はそれが僕らの全世界を占領していたと言ってもいいくらいだ。任務を回避した、または失敗したと思わせて少将を失望させることを僕らは何よりも恐れた。（42）

そして実際、訓練中に失敗を犯したメンバーに対してアンドルー父は容赦なく懲罰を加える。例えば父の待ち伏せを予測できなかったアンドルーは悪臭を放つ沼へ投げ込まれ、窒息寸前になっても助け出されることはない（語り手によれば、メンバー全員が同様の罰を経験している［47–50］）。こうした暴力による支配を通じて、アンドルー父は「人生は戦争なり。人生は闘争なり」（85）というイデオロギーを少年たちの心身に刻み込んでいくのである。

さらに、ポールの父親が「歪んだロジック」（65）と呼んで非難するアンドルー父の思考様式は、息子を媒介として間接的に「ギャング」内で再生産される。[*11] というのも「アンドルーを通じて、ベスト・ファーザーは自身の教えを僕ら全員に伝えた」（54）からである。

「私が今あえてお前に厳しくしているのは、大人になれば世の中はお前に対してもっとずっと厳しく接するからなのだ。この厳しさにちゃんと耐えられるようになるためには、前もって準備しておくに越したことはない」――アンドルーの父親の行動が一貫して暗示していたのはこのようなことだった。（48）

右の引用の「　」内の言葉は、アンドルー父が直接口に出して言ったことではなく、少年たちが内面化したアンドルー父の思考が彼らの意識に再現されたものである。暴力による支配のイデオロギーは「ギャング」のメンバーたちによってこうして合理化され、そしてグループの活動を通じて実行に移される（少年同士の暴力の描写は本作全篇にわたって見出せるが、特に、執拗な責め苦を伴うポールへの尋問［70–74］や、ポールとピーターによるアンドルーへのリンチの場面［361–62］などを参照）。彼らが互いに向ける暴力は——例えばウィリアム・ゴールディング『蠅の王』（William Golding, *Lord of the Flies*, 1954）で描かれたように[*12]——大人の監督から自由になったことで生み出されるのではなく、アンドルー父の「歪んだ」思考が彼らの精神に注ぎこまれた結果にほかならないのだ。

このようにして、大人–子ども間の不均衡な権力関係が虐待や暴力という形態を取って子どもの仲間集団に破壊的影響を及ぼすとき、それがもはや子どもたちだけで自律したユートピア的な世界としては存立しえないことを、『デッド・キッド・ソングズ』は衝撃的なかたちで明らかにしていると言えよう。

（2）目的論的な発達観への懐疑

次に、目的論的な発達観が本作でどのように扱われているのかを、語りを中心とする形式上の問題と関連づけながら検討していこう。

『デッド・キッド・ソングズ』の批評では、語りの形式における（一見したところの）混乱という問題がしばしば取りあげられる。例えばテイラーは本作の際立った特徴として「語りのスタイルの予期せぬ変化」を挙げている。つまり、「一人称語りと三人称語りの転換」は読者を混乱させ、「いくつかの出来事に関する記述の不一致ともあいまって、物語中の多くのエピソードの現実性を疑わしくさせている。これは必ずしも計算された効果とは思えない」[*13]というのである。テイラーの指摘を敷衍するかたちでこの問題を少し整理してみよう。

まず第一部「夏」では、一人称複数による「集合的」・「共同体的」[*14]な語りが採用される。この語り方は「ギャング」の一体感と結束感を強調する効果があると言えるし、子どもの仲間集団に特徴的とされる「われわれ感情」[*15]を体現したものと考えることもできよう。それが第二部「秋」では一人称単数の語りに変化する。四人が交代で各章の語り手を担い、それぞれの視点から「ギャング」に起こる出来事が語られる。ロバート・ダガンの指摘する「語りの不安定性」[*16]が露わになるのはこのパートである。特に、マシューが自分自身の死を語るくだり（「僕はその日の午後九時二七分に死んだ。」〔150〕）にさしかかると、読者は語りの信頼性そのものに疑念を抱き始めるに違いない。

また、アンドルー、ポール、ピーターが検査入院する病院で一人が夢中歩行を装って仲間を逃がす場面については、アンドルーとピーターの記述が互いに矛盾している（168–69, 221）。マシューの葬儀で誰が棺を担いだのかという点についてもやはり食い違いが認められる（178–79, 222）。第三部「冬」になると、今度は物語外の全知の語り手が三人称で叙述するが、焦点化人物は章ごとに切り替わっていく。最後の第四部「ふたたび、冬」では、第十二章と第十三章でそれぞれアンドルーとポールが一人称で語るが、ここには少年たちのアイデンティティの奇妙な混ざり合いを示す描写が見られる（382, 403）。そして別バージョンの第十三章は、ピーターの一人称語りと全知の語り手の三人称語りを不自然に混在させた形式を用いている。

このように物語が進行するにつれてますます顕著になる語りの上での揺らぎや乱れをどのように捉えるべきだろうか。私見によれば、先に引用したテイラーの見解とは反対に、これらはリットによって「計算された効果」であると考えるべきである。ここでまず押さえておきたいのは、「ギャング」の公式記録係ピーターが作成する「アーカイブ」の存在である。

これまでのところ、ピーターは僕らの冒険においてマイナーな役割しか演じていないように思えたかもしれない。しかし彼こそは最も重要な参加者だった。ピーターはアーカイブの公式保管係であり、他のメンバーは日記をつけることさえ許されていなかった。……ピーターが書き上げた記録は全員のチェックを受け、イニシャルで署名された。彼は日付、天候、作戦内容、異常事態を綿密に記録した。僕らがここに書かれている出来事を物語ることができるのも、すべてピーターの几帳面さのおかげなのだ。この物語の一言一句に至るまで、その根底にはピーターの正確さが横たわっている。(97–98)

原稿(物語本体)の作者であるポールは、この「アーカイブ」の現物――「変色してもろくなった細罫線入りA4用紙の詰まったレバーアーチ社製ファイル」(98)――を手元に置いており、その一部をほとんど原文のまま自分のテクストに挿入してさえいる(第八章の全体)。このことから、ポールはピーターによる公式記録の記述を元に、それを再構成して彼の物語を執筆したと推定することができる。

ポールが書いた物語は、「ギャング」の歴史であると同時に、彼自身の自己形成物語＝ビルドゥングズロマンとして読むことができる。彼は「アーカイブ」の記録に加えて自分の記憶と想像を頼りに、他の三人のメンバーたちの意識に同一化しながらこの物語を完成させようとする。しかしこの試みは成功しない。先に述べた複数レベルでの語りの混乱や動揺――すなわち人称の予期せぬ変化、視点の唐突な移動、記述内容の不一致、アイデンティティの不可解な混合――は、「ギャング」

の歴史を自身の子ども時代の物語として再構築しようと努めながら、首尾一貫した語りを維持できないポールの苦闘と困難の表われとして解釈すべきである。

これらの語りの上での破綻は、例えばディケンズ『デイヴィッド・コパーフィールド』（Charles Dickens, *David Copperfield*, 1849）のような作品とは異なり、成熟し安定した大人の視点から子ども時代を回想して物語に統一性を与える語り手が本作には不在であることを意味している。ポールが彼の物語をビルドゥングズロマン的パターンに合致するように語ろうとして失敗することは、本作を構造づける季節の比喩にも見て取ることができる。プロローグの直後には「夏－秋－冬－春」という表題が掲げられ、物語は「夏」（第一～四章）、「秋」（第五～八章）、「冬」（第九～十一章）と進行していく。古典的なビルドゥングズロマンであれば、この次には当然「春」が来て、主人公の自己実現と社会への統合を伴う楽観的結末をもって物語が閉じられるはずである。[*17] しかし本作ではそうはならない。「冬」の後には「ふたたび、冬」がやって来て（第十二章、第十三章、別の第十三章）、互いに矛盾する二つの最終章が語られることになる。この展開はビルドゥングズロマンに内在する目的論的前進の頓挫にほかならず、子どもの成長を段階的・単線的なものとして捉える発達心理学的な観点を転覆させる効果を持っている。[*18]

さらに、物語全体を構造化するために施されたもう一つの仕掛けについても同様のことが言える。

マーラー『亡き子をしのぶ歌』の歌詞が本作全篇を通じてエピグラフとして使われていることは最初に述べた通りであるが、この歌曲集に関するマーサ・ヌスバウムの評言は注目に値する——「『子を亡くした』親の悲歎はどこか新たな場所に向かって前進するということがない。……最終的に悲しみのサイクルは一巡して元の状態に戻るのだ」[*19]。このような構造を持つ『亡き子をしのぶ歌』のテクストを各章冒頭に配置することで、リットは「前進」を否定する枠組みを物語全体に付与したのではないか。そう考えれば、本作のエピグラフは季節の表題と同様に、従来の子どもの発達モデルを批判するための装置として機能していると言えるはずだ。

一言で言って、『デッド・キッド・ソングズ』は、完成された大人の人格という到達地点へ向かって直線的に進むプロセスとして子どもの発達を捉える見方を問い直す作品である。その主題上の問い直しを、語りの攪乱や、表題とエピグラフによる構造化といった形式上の手段を通じて行っている点に、本作の知的な面白さがあると言ってよいだろう。

おわりに——新しい子ども社会学との接点

従来の発達概念に対するこの批判的視座は、一九七〇年代以降の子ども研究によっても共有されている。新しい子ども社会学は、ピアジェの発達心理学を基盤として標準化された発達モデルの正当性を再検討した。マイケル・ウィネスが論じている通り、伝統的な発達観は子どもを「人間になりつつある者（human becomings）」として、他方で大人を「現に人間である者（human beings）」として二項対立的に捉える。この考え方では、子どもは「存在（ontology）」を欠いた「不完全な生成（incomplete becomings）」と見なされる。[*20] ゆえに、大人という「完全な存在（complete beings）」の状態に到達するまでに、子どもは段階を踏んで一連の経路（自然→文化、非合理→合理、依存→自律）を辿らなければならないとされる。[*21] このような子ども理解における目的論的な発達の論理は、ビルドゥングズロマンに内在する「自己形成」の原理と完全にパラレルな関係にあると言ってよい。矢野智司が言う通り、「重要なことは、発達には最終の到達段階が存在していることである」。[*22]「最終の到達段階」として、首尾一貫したアイデンティティを獲得して社会に統合された大人を措定する点では、発達心理学もビルドゥングズロマンも本質的に違いはない。『デッド・キッド・ソングズ』は両者のこの関係を見事に剔出した小説であると言えよう。

本作は「不快なクソガキたち」の「心の闇」[*23] を単にグロテスクに描いただけの作品ではない。むしろ、「子ども独自の世界」や目的論的発達観といった、子どもに関するわれわれの日常的思考を枠づけてしまうほどに一般化した言説を鋭く異化する力を備えた小説と評すべきだろう。その意味で『デッド・キッド・ソングズ』は、本作と交差する点の多い新しい子ども研究の批評的観点からより詳細に論じられるべき作品でもあると言わねばならない。

注

＊1　リュッケルトの詩集は病死した娘と息子に捧げられたエレジーであると同時に、「悲歎の長いプロセスを跡づける」、ある種の「セルフ・グリーフケア」でもあった（Eda Sagarra, "Friedrich Rückert's *Kindertotenlieder*," in Elizabeth Clarke, Gillian Avery, and Kimberley Reynolds eds., *Representations of Childhood Death* [London: Palgrave Macmillan, 2000], 161.）。

＊2　Christopher Taylor, "Against the Adults (Review of *deadkidsongs*)," *Times Literary Supplement*, February 23, 2001, 23.

＊3　Toby Litt, *deadkidsongs* (London: Penguin Books, 2001), 45. 以下、本作からの引用はすべてこの版に拠り、本文中の括弧内に頁数を示す。

＊4　小林さえ『ギャング・エイジ――秘密の社会をつくる年頃』（誠信書房、一九六八年）、二三－二五頁。住田正樹『子どもの仲間集団の研究』（九州大学出版会、一九九五年）、九頁。田中理絵「子どもの社会的世界――家族と仲間」、住田正樹・田中理絵『人間発達論特論』（放送大学教育振興会、二〇一五年）、五三頁、六一頁。

＊5　例えば、第7章で取りあげるジョナサン・トリゲル『少年A』においても、主人公の親友Bは次のように描写されている――「Bはちょうど『ジャスト・ウィリアム』のようにいつでもアウトローだった」(Jonathan Trigell, *Boy A* [London: Serpent's Tail, 2004], 88.)。

＊6　Mary Cadogan, *Just William Through the Ages* (London: Macmillan Children's Books, 1995), 12.

＊7　Mary Cadogan, *The William Companion* (London: Papermac, 1991), 163.

＊8　Bryn Purdy, "William & Co.: *Just William & The Outlaws* and *Stalky & Co.*," *The Kipling Journal* 86. 345 (2012), 53–54.

＊9　田中「子どもの社会的世界」、五三頁。

＊10　田中理絵「子ども社会とは何か――ギャング・エイジの仲間集団研究」、『子ども社会研究』二二(二〇一六)、九頁。

＊11　見逃せないこととして、アンドルー父のイデオロギーは「ギャング」のメンバーたちのみならず、彼らの次の世代にまで継承される。二番目の外枠部分で「僕」は、父の普段の言葉遣い(軍隊用語を散りばめた話し方)が「ベスト・ファーザー」を真似たものであったことが分かったと言う。これはもちろんポールが「ギャング」のメンバーとしてアンドルー父の思考を内面化していたことを示唆する。そして最後の外枠部分で、「僕」は原稿を読んだ結果として、父が「ギャング」の価値観を体現していた事実を知り、彼自身もそれを肯定するに至る。本作を締めくくるのは「僕」による次の言葉である――「彼は僕にとって最高の父親だった。ちょうどあのベスト・ファーザーのように。……父は偉大な人だった。どんなものも僕にこの考えを変えさせること

はできない。どんなものも、決して」(401)。このように父を称える「僕」の態度は、「ギャング」のメンバーたちによるアンドルー父への崇拝を忠実に反復したものである。こうして、アンドルー父の「歪んだロジック」は世代を越えて連鎖的に受け継がれていくことになるのだ。

＊12 『蝿の王』と本作との比較については以下を参照せよ――Philip Tew, *The Contemporary British Novel*, 2nd ed. (London: Continuum, 2007), 138.

＊13 Taylor, 23.

＊14 Ralf Schneider, "Literary Childhoods and the Blending of Conceptual Spaces: Transdifference and the Other in Ourselves," *Journal for the Study of British Cultures* 13.2 (2006), 152; Natalya Bekhta, "Emerging Narrative Situations: A Definition of We-Narratives Proper," in Per Krogh Hansen, John Pier, Philippe Roussin and Wolf Schmid eds., *Emerging Vectors of Narratology* (Berlin: De Gruyter, 2017), 121-22.

＊15 田中「子どもの社会的世界」、五四頁。

＊16 Robert Duggan, *The Grotesque in Contemporary British Fiction* (Manchester: Manchester University Press, 2016), 224.

＊17 Jerome Hamilton Buckley, *Season of Youth: The Bildungsroman from Dickens to Golding* (Cambridge, Massachusetts: Harvard University Press, 1974), 17-18; Richard Salmon, "The Bildungsroman and Nineteenth-Century British Fiction," in Sarah Graham ed., *A History of the Bildungsroman* (Cambridge: Cambridge University Press, 2019), 71-72.

*18 Katharina Pietsch and Tyll Zybura, "The Adult within the Literary Child: Reading Toby Litt's *deadkidsongs* as an Anti-Bildungsroman," in Sandra Dinter and Ralf Schneider eds., *Transdisciplinary Perspectives on Childhood in Contemporary Britain: Literature, Media and Society* (New York: Routledge, 2017), 36.

*19 Martha C. Nussbaum, *Upheavals of Thought: The Intelligence of Emotions* (Cambridge: Cambridge University Press, 2001), 283-84.

*20 Michael Wyness, *Childhood and Society*, 2nd ed. (New York: Palgrave Macmillan, 2012), 82.

*21 *Ibid*., 80-82; Alan Prout and Allison James, "A New Paradigm for the Sociology of Childhood? Provenance, Promise and Problems," in Allison James and Alan Prout eds., *Constructing and Reconstructing Childhood: Contemporary Issues in the Sociological Study of Childhood* (London and New York: Routledge, 2015), 8-10. 以下も参照せよ――「［新しい子ども社会学においては、］心理学的子ども言説で支配的な発達主義は、合理性の基準としての「大人」を設定し、発達の推定される諸段階を自然なものとみなし、歴史的・社会的・文化的研究が否定する「子ども」の普遍性を仮定したとして批判された。」（アラン・プラウト『これからの子ども社会学――生物・技術・社会のネットワークとしての「子ども」』元森絵里子訳［新曜社、二〇一七年］、九五頁）。

*22 矢野智司『贈与と交換の教育学――漱石、賢治と純粋贈与のレッスン』（東京大学出版会、二〇〇八年）、二〇二頁。

*23 Hamish Hamilton版（二〇〇一年）のカバー宣伝文句の一部。

第３章

「ロマン派的子ども像」の解体

――イアン・マキューアン『セメント・ガーデン』（１９７８年）

はじめに――『セメント・ガーデン』の概要

イアン・マキューアン『セメント・ガーデン』（Ian McEwan, *The Cement Garden*, 1978）は、両親を亡くした四人の子どもたちのひと夏の異常な経験を描いた中篇小説である。物語は十四歳の少年ジャックの視点から回顧的に語られる。孤児となった兄弟姉妹は養護施設に入れられるのを回避するため、母親の遺体をセメントで埋め、自宅の地下室に隠す。大人による監督と保護から解放された子どもが自分たちだけの生活を送るという筋立ては、ゴールディング『蠅の王』をただちに連想させる。しかし、『蠅の王』の主人公らが無人島の暮らしで味わう大いなる解放感や高揚感、そしてその後の野蛮への退行といった経験は、ジャックたちにはほとんど無縁なものである。『セメント・ガーデン』の子どもたちが親のいなくなった環境で経験するのは無気力、倦怠、現実逃避といったことに過ぎない。そうした停滞を打ち破ろうとするかのように、結末近くでジャックと姉のジュリーは近親相姦を犯す。それと同時に母親の遺体が発見され、警察当局が到着することで物語は幕を閉じる。

「ロマンティック・チャイルド」の解体

右のあらすじからだけでも、『セメント・ガーデン』の子どもたちが純真無垢で愛らしい、自由でのびのびした子どもというロマンティック・チャイルド」のイメージからかけ離れていることは一目瞭然であろう。実際、この点はこれまでに複数の批評家によって指摘されてきた。例えばカテリナ・ドドウはこの小説の「反ロマン主義的方向性」[*1]に言及しており、クリストファー・ウィリアムズも本作が「ロマンティック・チャイルドの文学的伝統」を「転覆」[*2]させていると述べている。とはいえ、こうした指摘はあくまで散発的なものにとどまっており、先行研究ではロマン主義に特徴的な子ども表象と本作の関連が具体的に論じられることはほとんどなかったと言ってよい。

子どもの表象という問題に関して当時のマキューアンがロマン派の作品を意識していたことは、デビュー作『最初の恋、最後の儀式』(*First Love, Last Rites*, 1975) 所収の「自家調達」("Home-made") ――『セメント・ガーデン』と同じく近親相姦モチーフを扱った短篇――からも明らかである。以下の一節では大人と思われる語り手が十四歳の頃の経験を回想している。

そのとき僕たちが歩いていたフィンズベリー・パークでは、鳩にガラスの破片を食べさせたり……ワーズワスの『序曲』にこそふさわしい、けがれを知らない幸福に包まれながら、シーラ・ハーコートが飼っていたセキセイインコを生きたまま丸焼きにしたこともあったし……茂みのうしろにこっそり隠れて、木陰で性交中のカップルに石を投げたりもした。[*3]

この一節は、少年の（無邪気と言えば無邪気だが相当に悪質ではある）いたずらをワーズワスの詩のイノセントな子どもの姿とアイロニカルに対照させながら描くことで、「ロマンティック・チャイルド」の人工性を笑いとともに脱構築していると言えよう。

「自家調達」の三年後に刊行された『セメント・ガーデン』においては、ロマン派的子ども像への応答はより複雑かつ精緻な方法で行われている。マキューアン初期のこの傑作中篇は、ロマン主義の子ども言説に見られる主要モチーフを継承すると同時に解体することで、現代イギリス小説における子ども表象の新しいスタンダードを提示した重要な作品であると言える。それらの主要モチーフとしては、次の三つを挙げることができる――（1）子どもの自己充足性、（2）閉じられた空間、（3）視覚的経験の強調。以下、本章ではワーズワスをはじめとするロマン派のテクストと比較しながら、（1）～（3）が『セメント・ガーデン』においてどのように扱われているのかを検討していきたい。

（1）子どもの自己充足性

ロマン派の詩で描かれる子どもの最も本質的な特徴の一つは、その自己充足性である。ワーズワスの詩から少し具体例を見てみよう。「三歳の子どもの特徴」（"Characteristics of a Child three Years old," 1815）において、ワーズワスは暖炉にくべられる薪束のイメージを用いて三歳の娘キャサリンを描いている。"unattended"、"alone"、"all-sufficient"といった、ロマンティック・チャイルドの自己充足性を表わすキーワードに注意しながら次の一節を読もう。

暖炉の薪束は、誰にも付き添われず独りでいる（unattended and alone）ときにも、
きらめく火花を発する。
その様は、若者や老人が周りに集って団欒するときと変わらない。
・・・・・・
それと同じように、この幸せな生き物は
完全に自分自身に充足している（all-sufficient）。

（七–九行、一一–一二行）*4

明るい輝きを放ちながら燃える薪束と同じように、放置されて独りでいるときも、周りに人が集っ

ているときも、この幸福な子どもはいつも変わらず自分自身で完全に充足し満ち足りた存在として描かれている。一方、物語詩の傑作「ルース」("Ruth," 1800)では、主人公の子ども時代は以下のように歌われる。

未だ七歳にもならないルースは、
おろそかにされて気ままに、
無分別な自由と向こう見ずとで、
谷や丘を越えてさ迷い行った。
・・・・・・
彼女の考えは彼女自身のもの、
彼女の喜ぶものは彼女自身、
自分に満足して、悲しみも浮かれもせず、
こうして永い日を送って……

（三―六行、一四―一七行）[*5]

ルースの母の死後、父は再婚して後妻を娶った。幼い少女は父からも継母からも蔑ろにされ、森の子どもとして小さなロビンソン・クルーソーのような生活を送る。ここでは、親の世話や養育を受け（られ）ない子どもが、自分自身を喜びの源泉として幸福に生きる様が称揚されている。以上の二篇の詩が示す通り、ロマン主義的言説では、子どもはそれ自身で充足／完結しており、したがって外部からの保護や支え、または大人の介在を必要としない存在として肯定的に捉えられるのである。

ジュディス・プロッツが論じているように、ロマン派の詩におけるこうした自己充足性の強調は、子どもの「脱文脈化（de-contextualization）」につながる。[*6] 子どもを社会的文脈から切り離した環境に置く数多の後続作品はしたがって、基本的にロマン派的子ども観の継承者であると言ってよい。R・M・バランタイン『珊瑚島』（R. M. Ballantyne, *The Coral Island*, 1857）からJ・M・バリ『ピーター・パン』（J. M. Barrie, *Peter Pan*, 1904）、リチャード・ヒューズ『ジャマイカの烈風』（Richard Hughes, *A High Wind in Jamaica*, 1929）、アーサー・ランサム『ツバメ号とアマゾン号』（Arthur Ransom, *Swallows and Amazons*, 1930）を経てゴールディング『蠅の王』に至るまで、「子どもだけの世界」を描いた文学作品はみな――具体的な展開の仕方に違いはあれ――ロマンティック・チャイルドの自己充足性を根本的発想源とする点において共通しているのだ。もちろん『セメント・ガーデン』も例外ではない。そのことがよくうかがえるのが、第六章冒頭で描かれる

「お留守番」のエピソードである。父が死ぬ数年前、親戚の誰かの葬式のために両親が揃って家を留守にしたことがあった。ジャックはその日の出来事についてこう述懐する。

朝から晩まで自分たちだけで過ごせることがうれしかった。……ほんの数時間の出来事だったのに、このときのことは、子ども時代の記憶の大半を占めているような気がする。……母が死んだとき、痛切な感情の奥に、胸の躍るような解放感があったのは間違いない。……それは四年前のあの日のことが心に残っていたからだ。[*7]

本作で語られるほとんど唯一の幸福な思い出と言ってよいこの日の出来事は、大人の影響が介在しない、子どもたちだけで自己充足したユートピア的な時間として、両親を亡くした後のジャックたちの経験のプロトタイプを構成している。しかしながら、『セメント・ガーデン』が『ピーター・パン』他の先行作品と決定的に異なるのは、子どもの幸福な自己充足性が実は幻想に過ぎないことが暴露される点である。実際、先の引用箇所に続けてジャックは次のように言っている――「しかし、その興奮はいまや醒めていた。毎日がうんざりするほど長く、ただ暑かった。家までが眠りこんでしまったかのようだった」(71)。そうして束の間の「解放感」の後にやって来る果てのない無為と倦怠、退屈と無気力を少年の視点から執拗なまでに語ることで、本作はロマンティック・チャイルドの本質的属性である自己充足性という観念を土台から切り崩していると言えるだろう。

(2) 閉じられた空間

右に引用した「お留守番」のエピソードには、「真鍮製の大きなベビーベッド」(70) が出てくる。大便をもらして泣き叫び枕投げ合戦の邪魔をする末っ子のトムをジャックたちはそこに寝かせ、「柵を立て……囲[んだ]」(70)、というのである。このベビーベッド (cot) は第一章で初めて言及される。ジャックは父が死亡する直前にそれを地下室で見つける――「ドアのうしろには、古い真鍮のベビーベッドが解体されて積み上げてあった。僕たち兄弟姉妹はみな、幼いときのある時期をそのベッドで眠って過ごした」(13)。その後、ベビーベッドは本作の全篇にわたって登場するのだが、最も重要な箇所は最終章における次のくだりである。

このベビーベッドにいると、心地良い感覚を覚えた。……いっそのこと横の柵を引き上げて、一晩中ここに座っていたいくらいだった。……ベビーベッドをスーに明け渡したのは……僕が二歳のときだったが、そこで寝るときの感触は今でも馴染み深く、塩を含んだような湿っぽい

匂いも、柵の並び方も、優しくここに幽閉されたときの包み込まれるような快感も、何一つ変わっていなかった。(132)

この一節は、「閉じられた庭(*hortus conclusus*)」としての子ども時代というロマン主義的トポスの見事な変奏である。スタンリー・スチュワートが明らかにした通り、「あらゆる時間と自己の感覚が消失する」[*8]「閉じられた庭」のイメージは堕罪前のアダムとイヴの全きイノセンスを表象するものであり、アンドルー・マーヴェル「庭」(Andrew Marvell, "The Garden," 1681)をはじめとする一七世紀の英詩において最も豊かな表現を与えられたとされる。ロマン派の作家たちは一七世紀文学からこのトポスを引き継ぎ、庭そのものの他に、涼しい木陰や居心地の良い部屋といったかたちで変奏を加えつつ、外界の脅威から遮断された幸福な子ども時代を表わすイメージとして好んでこれを用いた。『セメント・ガーデン』との関連で特に興味深いのは、チャールズ・ラム『エリア随筆』(Charles Lamb, *Essays of Elia*, 1823, 33)である。壁や塀に囲い込まれた空間にいる子どもはラムが最も得意としたモチーフの一つであり、エデン的な子ども時代を回想した彼のエッセイには種々の「囲い」が満ち満ちている。例えば、「H――シャーのブレイクスムア」("Blakesmoor in H――shire," 1824)という一篇で、ラムは自身が幼い頃によく訪れていたカントリー・ハウスについて次のように語っている。

> 当時、私はあの屋敷への不思議な愛情にとらわれていた。……変化に富む景観が、広々と見渡しの良い場所が——家からあまり遠くないところに——あると聞かされていたけれども——我がエデンの境界の外にあるからには、私にとってそんな場所がなんであったろう？　私はあちこち歩きたいと思うどころか、できるものなら、自ら選んだ牢獄にいっそう厳重な囲いをめぐらし、人を締め出す庭の塀を立てて、より安全な縁輪《へりわ》の中に閉じ込もっていたことだろう。[*9]

この一節における心地良い「牢獄（prison）」という撞着語法的なイメージが、『セメント・ガーデン』の「優しくここに幽閉されたときの（being tenderly imprisoned）」というフレーズの中に反響していることは注目に値しよう。ラムもマキューアンも、「閉じられた庭」としての子ども時代のエデン的至福状態をパラドキシカルに描き出すことに成功していると言える。しかし、『セメント・ガーデン』はこの美しいイメージのロマン派的変奏をただ継承するだけにはとどまらない。先の引用に続くくだりで、ベビーベッドに横たわるジャックの姿を目にしたジュリーは次のような行動に出るのだ——

柵を持ち上げて掛け金をおろしたジュリーは、肘をベッドの枠に置いて身を乗り出し、僕の顔を覗きこんで嬉しそうにほほ笑んだ。……「かわいい子ね」ジュリーは僕の頭を撫でた。……ジュリーは柵の隙間から僕のものを指差した。「まあ、大きい！」彼女は笑い、今にもつかみかかりそうな身構えを見せた。(132–33)

つまり、本作のクライマックスである姉と弟の近親相姦的結合はまさにこのベビーベッドでの誘惑を出発点として始まるのである。そしてその禁忌行為が母親の死体の発見と警察当局への通報という事態につながる。ラムの回想の中の少年と異なり、『セメント・ガーデン』の子どもたちはエデン的な「囲い」の中に長く留まり続けることを許されない。ここにもまた、マキューアンによるロマン派的子ども像の解体という現象を見て取ることができるだろう。

(3) 視覚的経験の強調

最後に、視覚的経験の強調というモチーフについて見てみよう。ロマンティック・チャイルドはその純粋な「ヴィジョン」によって、大人には見えないものを見ることができる。この観念を端的に表現しているのが、子ども時代のヴィジョンの喪失を慨嘆するワーズワス「幼少時の回想から受ける霊魂不滅の啓示」（"Ode: Intimations of Immortality from Recollections of Early Childhood," 1807）の冒頭部分である。

かつては牧場も森も小川も
大地も、目に映るありとあらゆる光景が
私にとって
天上の光に包まれて見えた、
・・・・・・
もはや今、かつて見えたものを見ることはできない。
（一–四行、一〇行）[*10]

子どもと大人を隔てるのは、「天上の光」に照らされたものとして地上の万物を見る能力の有無にほかならない。ここから、ロマン派の作品においては子どもの経験のうちでもその視覚的側面がとりわけ重視される傾向が生まれる。例えば、ハートリー・コールリッジのほとんど知られていない傑作「聾唖の少女へ」（Hartley Coleridge, "To a Deaf and Dumb Little Girl," 1851）には次のような一節がある。

陸から離れた大海の孤島のように
無意識のうちに気まぐれな海に漂いつつ、
自分自身を全てとして、彼女は人目に触れず暮らしている。
・・・・・
彼女の小さな存在の全ては
孤独な視覚に集中している——
美や崇高について彼女はどんなことを知っているのだろう。
（一－三行、一〇－一二行）[*11]

この一節でコールリッジは、孤島のイメージを用いて少女の自己充足性を表現した後、耳が聞こえず口がきけないこの子どもの全存在が「見ること」に集中していると言う。言葉による意思疎通が望めぬ以上、詩人にそのことを確かめる術はないのだが、彼女の眼は「美しいものや崇高なもの」の本質を（大人である詩人には不可能な方法で）捉えているに違いない、というのがこの詩のメッセージである。同様に子どもの新鮮な視覚的経験を強調した例としては、ワーズワス『序曲』（*The Prelude*, 1850）第五巻の有名な「ウィナンダーの少年」のエピソードを挙げることができる。

昔、一人の少年がいて、その少年のことをよく憶えているだろう、
ウィンダミアの切り立った崖よ、島々よ！
・・・・・
この少年が、どんなにしばしば、たったひとりで、
木陰や、かすかにきらめく湖のほとりに立っていたかを。
・・・・・
そしてしばしば、無意識のうちに
彼の精神のなかに注ぎ込んできたものだ
目に映る周囲の情景、岩や森などの荘厳なもののすがたなどすべてのものが
（第五巻 三八九–九〇行、三九三–九四行、四〇九–一一行）[*12]

このようにして子どもと自然界の親密な交感を歌い上げる際にワーズワスが最も力点を置くのが、「周囲の……荘厳なもの」の美を直観的に捉える子ども特有のヴィジョンであることに注意しよう。

翻って、『セメント・ガーデン』の語り手ジャックの場合はどうであろうか。彼の語りの顕著な特徴は、自己の内面描写がきわめてまれで、他者の心理や動機の探索もほとんど行わず、その代わ

りに人物や事物の外面的なディテールを簡潔な文体で淡々と描写していく点にある。[*13] テクストからいくつか具体例を拾い上げてみよう。母親の顔を観察するときの描写は以下のような具合だ——「なめらかで張りのある肌、形のいい頬骨。毎朝、母は、深紅の口紅を塗って完璧な弓形を描く。だが、桃の種のように皺が寄った浅黒い皮膚の中におさまった目は、頭蓋骨に沈み込んでいて、深い井戸の底からこちらを見つめているような感じがした」(25)。全体としては整っていて美しいはずの母の相貌の醜い部分を、ここでジャックは的確な比喩を用いて摘出してみせている。類似の例として、ジャックの誕生パーティーでジュリーが逆立ちを披露する場面が挙げられる——「両手だけで支えられた彼女の体は、ぴんと張って引き締まり、ぴくりとも動かなかった。スカートが顔にかかって、脚の小麦色の肌に、まぶしいほど白いパンティーが映えていた。……白い股のあいだから、黒い縮れ毛が二、三本はみ出ていた」(38)。こうしてジュリーの健康的な美しい肢体を描写する際、ジャックの視覚的関心は数本の黒い陰毛にフォーカスされるのである。また、母親の遺体をシーツにくるんで運び出す場面では、ジャックが特に注目して記録するのは、「ベッドの上の母が寝ていたところには大きな茶色の染みが残り、その縁は色褪せて黄色になっていた」(63)という不快きわまりない細部である。さらにもう一つ例を加えると、自宅近くの高層住宅の脇を通り過ぎるとき、ジャックは次のように観察する——「どの建物も、コンクリートの側壁の全面に巨大な染みが広がり、黒っぽく変色していた。その雨の染みは、晴れた日にも消えることがなかった」(27)。ここで彼の視覚が捉えているのは建物全体の印象ではなく、その最も汚れた醜い部分にほかならない。要するに、何を見るにつけてもジャックの視線は常に、ある光景の中の最も不快で醜悪な一点に止まるよう設定されているかのようなのだ。ワーズワスらロマン派の詩が提示する子どものヴィジョンが捉えるのがこの世界の「美しいものや崇高なもの」であったとすれば、『セメント・ガーデン』の語り手の少年の視覚的経験においては一貫して、醜く汚いもの、グロテスクなもの、些末なものに関心が集中される。ここには、本作の子ども表象の「反ロマン主義的方向性」が鮮やかにあらわれていると言えよう。

おわりに――「ロマンティック・チャイルド」から「危険な子ども」へ

『セメント・ガーデン』は、以上のようにロマン派的子ども像の中核を成すモチーフ群を継承すると同時に解体することで、イギリス文学で長い伝統を有するイノセントな子どもという理想像の構築性を批判的に検討した作品である。マキューアンが本作で子どものイノセンスの見直しに着手したことは、同時代の学問的動向と社会的状況という二つの観点に照らして考察することができる。

第一の点に関して言えば、『セメント・ガーデン』の子ども表象を検討するにあたっては、本作刊行と同時代の一九七〇年代末以降に活発化し始める子ども研究の新動向を視野に入れるべきである。アラン・プラウトやクリス・ジェンクスらを中心に創始された「新しい子ども社会学」では、子どもは時代や地域にかかわらず一定不変の本質的特徴を備えた存在としてではなく、文化的・歴史的条件によって「構築」されるものとして概念化される。文学における子ども、とりわけロマン派的な子ども像の構築性の問題がマキューアンによって先鞭を付けられ、一九八〇年代以降のイギリス小説においてますます意識化されるようになったのも、こうした潮流に棹差す現象であったと言えよう。次に第二の点との関連では、『セメント・ガーデン』には子どもに対する同時代社会の態度が反映されていると考えられる。日常的規範から逸脱する主人公たちの姿には、社会秩序への脅威となる子どもに関する当時の人々の不安が投影されている。例えば本作刊行の前年、一九七七年には大衆紙『デイリー・ミラー』のコラムニストが憂慮を込めて次のように書いている――「いかなる道徳的・性的価値観も持たず、立派な市民になろうという願望も、まっとうな社会の一員になりたいという欲求もない無感覚な少年少女たち」。[*14] ここには、六〇年代・七〇年代の「寛容な子育て」がそうした「危険な」子どもたちを生み出したという、いわゆるニュー・ライトに典型的な論調が垣間見える。こうした新保守主義的なレトリックに応答するかのように、一九八〇年代以降にはイアン・バンクス『蜂工場』（Iain Banks, *The Wasp Factory*, 1984）や、次章で論じるドリス・レッシング『破壊者ベンの誕生』（Doris Lessing, *The Fifth Child*, 1988）を筆頭に、大人世界の安定を脅かす恐るべき子どもたちを描いた小説が次々と発表されていくのである。『セメント・ガーデン』のジャックは、現代イギリス小説におけるそのような暴力的、反社会的な子ども像の系譜の劈頭に位置していると言うことができるだろう。

注

*1 Katherina Dodou, “Examining the Idea of Childhood: The Child in the Contemporary British Novel,” in Adrienne E. Gavin ed., *The Child in British Literature: Literary Constructions of Childhood, Medieval to Contemporary* (Basingstoke: Palgrave Macmillan, 2012), 241.

*2 Christopher Williams, “Ian McEwan's *The Cement Garden* and the Tradition of the Child/Adolescent as “I-Narrator”,” *Atti del XVI Convegno Nazionale dell' AIA: Ostuni (Brindisi) 14-16 ottobre 1993*, Schena Editore, Fasano di Puglia (1996), 220.

*3 Ian McEwan, “Homecoming,” in *First Love, Last Rites* (1975; London: Picador, 1976), 13. 訳出にあたっては以

下の邦訳を参照し、一部改訳を施した――イアン・マキューアン「自家調達」、『最初の恋、最後の儀式』宮脇孝雄訳（早川書房、一九九九年）。

＊4　William Wordsworth, "Characteristics of a Child three Years old," in Stephen Gill ed., *William Wordsworth : 21st-Century Oxford Authors* (Oxford: Oxford University Press, 2012), 232.

＊5　『ワーズワース詩集』田部重治選訳（岩波文庫、一九三八年）、四一頁。

＊6　Judith Plotz, *Romanticism and the Vocation of Childhood* (New York: Palgrave Macmillan, 2001), 39.

＊7　Ian McEwan, *The Cement Garden* (1978; London: Vintage Books, 2006), 69-71. 以下、本作からの引用はすべてこの版に拠り、本文中の括弧内に頁数を示す。なお訳出にあたっては以下の邦訳を参照し、適宜改訳を施した――イアン・マキューアン『セメント・ガーデン』宮脇孝雄訳（早川書房、二〇〇〇年）。

＊8　Stanley Stewart, *The Enclosed Garden: the Tradition and the Image in 17th Century Poetry* (Madison, Milwaukee, and London: The University of Wisconsin Press, 1966), 143.

＊9　チャールズ・ラム「H――シャーのブレイクスムア」、『完訳・エリア随筆III続篇［上］』南條竹則訳／藤巻明註釈（国書刊行会、二〇一六年）、一五―一六頁。

＊10　『対訳 ワーズワス詩集』（山内久明編、岩波文庫、一九九八年）、一〇五頁。

＊11　Hartley Coleridge, "To a Deaf and Dumb Little Girl," in Ramsay Colles ed., *The Complete Poetical Works* (London: George Routledge and Sons, 1908), 197.

＊12　『ワーズワス・序曲――詩人の魂の成長』岡三郎訳（国文社、一九六八年）、一六九―七〇頁。

＊13 David Malcolm, *Understanding Ian McEwan* (Columbia: The University of South Carolina Press, 2002), 57; Jack Slay, Jr., *Ian McEwan* (New York: Twayne Publishers, 1996), 40.

＊14 Patricia Holland, *Picturing Childhood: The Myth of the Child in Popular Imagery* (London: I. B. Tauris, 2004), 121に引用。

第4章

「排斥」の論理による子どもらしさの構築

——ドリス・レッシング『破壊者ベンの誕生』（1988年）

はじめに――「アポリア」としてのベン

ドリス・レッシングの中篇小説『破壊者ベンの誕生』（Doris Lessing, *The Fifth Child*, 1988）は、「怪物的子ども」の存在によって中流階級の幸福な一家族が崩壊していく過程を母親のハリエットの視点から描いた作品である。現代イギリス小説における子ども像の特徴を概観した先駆的な論文の中で、カテリナ・ドドウは本作を子どもの「ゴシック化」の代表的な例として挙げている。ドドウの言う「ゴシック化された子ども」とは、暴力的な（極端な場合には殺人等の凶悪犯罪を犯す）子どもや、人心操作に長けた狡猾な子どもなど、無垢性や善良さ、傷つきやすさといったロマン派的な子ども観念を転覆させるキャラクターのことを指す。[*1] 本作のベンはそうした「邪悪な子ども」の中でもとりわけ多義的なキャラクターであり、（ラインハルト・クーンの子ども像分類を借りれば）解き難い「エニグマ（謎）」[*2] として表象されていると言える。

実際、レッシングが描くこの「五人目の子ども」は、これまで実に様々な視角から解釈されてきた。例えば作品の歴史的・政治的コンテクストを重視する批評家によれば、ベンは一九七〇年代・八〇年代のイギリス政治の排外主義的レトリックが提示する移民＝「内なる敵」の寓意として読むことができる。[*3] あるいはジャンル批評の見地から本作をゴシック小説の系譜に位置づける研究では、ベンはメアリー・シェリー『フランケンシュタイン』（Mary Shelly, *Frankenstein*, 1818）の怪物の末裔、つまり共同体に同化され得ない「他者」として捉えられる。[*4] また最近では、「胎内感応説」——妊娠中の女性の願望や欲求が胎児に「刻印」されるとする医学説——と関連づけながら、ベンを母親ハリエットの「時代錯誤」で「旧式」な人生観の直接的反映として捉える論考や、[*5]「存在脅威管理理論（terror management theory）」を援用して、ベンが両親にとって死の恐怖を克服する手段（「象徴的不死性」を与える子ども）となり得ないことを論じる研究もある。[*6] さらには、現代の障害学の知見に基づいてベンを自閉症児や注意欠損障害児として解釈する批評も現れている。[*7] これらの先行研究は、ベンというキャラクターの豊かな読解可能性を示して余りあるであろう。

とはいえ、結局のところこうした読みは全て、サンドラ・ディンターが鋭く指摘する通り、「ベンとは何なのか？」というテクスト内で繰り返される問いに対する答えの様々なヴァリエーションに過ぎないとも言える。[*8] しかも厄介なことに、本作の中心に横たわるこの問いに作品内の人物たち——ハリエット自身と夫、親族のみならず、医師や教師ら子どもの専門家も含めて——が誰一人として答えられないのと同じように、読者の側でもやはり確定的な答えを導くことはできないのである。それはつまるところ解決不能のアポリアとして残らざるを得ないのだ。[*9]

そこで本章では、先行研究のように「ベンとは何か？」という問題への解答を提示しようとすることは避け、その代わりに、新しい子ども社会学を代表する研究者クリス・ジェンクスによる「概念的排斥（conceptual eviction）」[*10]の理論を援用し、理想的な子ども像が構築されるプロセス自体を問題化した作品として『破壊者ベンの誕生』を読み解いてみたい。

怪物的子どもとしてのベンの造型

本作の舞台は一九六〇年代から八〇年代にかけてのイングランドである。主人公ハリエットはオフィスのクリスマス・パーティーでデイヴィッドと出会う。時代に逆行する保守的な価値観を共有する二人はすぐさま恋に落ち、結婚する。ロンドン郊外にヴィクトリア時代の大きな家を購入した夫妻は、「子どもは少なくとも六人」(9)作るという家族計画の通り、数年のうちに次々と四人の子どもをもうける。二人は思い描いた幸福な家庭生活を順調に実現しているかに思えたが、「五人目の子」の誕生が全てを変えていくことになる。胎内にいるときからこの子は不気味な攻撃性と獰猛さを示し――「そいつは、今にも彼女のお腹を突き破って飛び出そうとしているようだった」(38)――、ハリエットは「この敵……彼女の内に宿るこの獰猛な生物」(40)との闘いに心身を消耗させていく。ほとんど懐胎の瞬間から、「五人目の子」は人間的なものの埒外にある生き物として描写される。妊娠中の苦痛に耐えかねて多量の「精神安定剤」(39)を常用するようになったハリエットは、自分が宿しているのは人間の子ではなく、異種動物を掛け合わせたモンスターではないかと妄想する。このときにハリエットが感じる恐怖の描写は、ハリウッドのマタニティ・ホラー(例えばデヴィッド・クローネンバーグ監督『ザ・ブルード――怒りのメタファー』〔一九七九年〕)を彷彿とさせるものがあろう。

幻影や怪獣が、彼女の脳裏に巣食っていた。彼女は考えるのであった――科学者たちが実験を行い、大きさの異なる二種類の動物を掛け合わせたら、おそらくそれは、この哀れな母親が感じているようなものになるのでは、と。……ときどきハリエットは、彼女の柔らかいお腹の内側の肉を、蹄が切り裂いているのだと信じていた、ときには鋭く曲がったかぎ爪が。(41)

予定よりも一月早い出産であったにもかかわらず頑強な赤子として生まれた「五人目の子」は、「眉骨のところからいきなり後方へ傾斜している、異様な頭のかたち」(50)にちなみ、「ベン」と名付けられる(ケルト語で「山」の意)。ベンの「頭のかたち」は本作でたびたび強調されるのだが(48, 104)、こうした記述は一九世紀の骨相学――頭蓋骨の形状から個人の情緒的性向や知的能力が分かるとした疑似科学――のパロディを思わせるものがある。そのように奇妙な相貌をしたベンは「可愛い赤ん坊ではなかった。まったく赤ん坊らしく見えなかった」(48) とハリエットは思う。彼は子どもの「自然な」発達段階から逸脱しているようであり、誕生直後からすでに焦点の合った眼で母親を見つめ、自分の足で立とうとする意志を見せる。また彼は異常に食欲旺盛で、ハリエットの「乳首に蛭のように吸いつき、乳房がまるごと喉の奥に飲み込まれてしまうのではないかと思うほど、強く吸った」(50)。「絶対に普通ではない」(51) 我が子を見つめるハリエットの脳裏に次々と浮かんでくるのは以下のようなイメージであった――「トロール」(49)、「ゴブリン」(49)、「ノーム」(71)、「エイリアン」(50)、「野獣」(54)、「ネアンデルタール人」(53)。つまりハリエットにとってベンは、民話やおとぎ話、あるいはホラーやファンタジーの世界からやって来た異形の者、人間以外の何かであるとしか思えないのだ。ベンを目にした親族たちの表情には一様に「不安の色」が浮かび、「さらに、恐怖さえ見えた」(57)。彼らの口から漏れるのは、「あのベンにはぞっとさせられるわ。ゴブリンか小びと、といったようなものね」(56)、「ベンを見てると身の毛がよだつ……あいつは「取替え子」にちがいない」(59) といった類の言葉であった。ベンの兄姉たちもまた、「自分たちの誰とも全く似ていないこの新参者」を「異質のもの」(50) として認識する。

ベンがいかに「発達論的パラダイム」[*11]に抗う存在であるかが強調されるのは、児童発達論で最も重要な指標とされる言語と遊戯という側面においてである。ベンは喃語の段階を飛び越し、いきなり完全な文でしゃべり始める。彼が初めて発した言葉は「マミー」や「ダディー」でも、「自分の名前」でもなく、「ケーキがほしい」(68)であった。また、ベンは与えられた玩具で「遊ばず、床や壁に叩きつけて壊した。……[彼]は、玩具にも、積み木にもまるで関心がないようだった」(59, 67)。マルガリダ・モルガドも指摘する通り、遊戯は(特に大人の労働との対比において)子どもと最もよく結びつけられる活動の一つなのだが、[*12]本作でベンはそうした「自然な」連想を脱自然化する者として描かれていると言えよう。

成長するにしたがって、ベンは動物的な攻撃性を増していく。一歳にも満たない頃、彼は兄のポールがベビーベッドの柵の隙間から差し入れた腕を「わざと逆に折り曲げようとして」(58)、ひどい捻挫を負わせる。また、親戚が連れてきた犬を素手で絞め殺すと、「声も出さず、歯をむき出すようにして笑った」(62)。ベンは同じ方法で猫も殺したと疑われるのだが、これらのエピソードは、動物を通じて自然界と交感する子どもというロマン派的な観念を解体する効果がある(その観念を視覚化した絵画作品、例えばエミール・ムニエル《少女と子猫たち》[一八五〇–六〇年頃]を見れば分かる通り、ロマンティック・チャイルドは子猫、子犬、兎といったペット動物と一緒にいる姿で描かれることが多い）。[*13]

ベンが三歳のとき、夫と親族たちの説得に押し切られたハリエットは、「異常」（71）な子どもたちを収容する施設に彼を送ることに同意する。デイヴィッドはベンが自分の子どもであることを否定し、上の子たちも「本当は僕たちの仲間じゃないので、ベンは連れて行かれたんだ」（76）と考え、彼を家から追放するのである。ベンがいなくなると、家族はしばらくの間以前の牧歌的な幸福を取り戻す。しかし罪悪感に苛まれたハリエットは、デイヴィッドの制止を振り切ってベンに会いに行く。訪れた施設で彼女は恐るべき光景を目にする。

彼女は細長い病室の端にいた。その壁沿いには、たくさんのベビーベッドや普通のベッドが並んでいた。ベビーベッドの中にいたのは——怪物たちだった。……彼らがみな人間のかたちはしているものの、本来の姿からときにはひどく、ときにはわずかに逸脱しているのを見ることができた。……ずらりと並んだ奇形児たちの列は、ほとんどみな眠っていて、みんな静かだった。彼らは文字通り薬漬けにされて意識を失っていたのだ。（81）

ベンは奥の独房に閉じ込められており、拘束着を着せられ、「排泄物にまみれて」（139）床のマットレスに寝かされていた。このまま施設にいては彼が長くは生きられないであろうことを見て取ると、ハリエットはベンを家に連れて帰る。ハリエットのこの決断が最終的に家族を崩壊させることとなる。

何とかベンを「人間化」(115)して家族生活に溶け込ませようとするハリエットの努力にもかかわらず、ベンの動物的本性が矯正されることはない。そのことは例えば次の一節にはっきり示されている。

[ハリエットは]ベンが、冷蔵庫から取り出したなまのとり肉を手にして、大テーブルの上にうずくまっているのを目にした。……満足げにブーブーうなりながら、彼は、野蛮な力に満ち満ちて、なま肉を歯と手で引き裂いていた。彼は、一部はずたずたに裂かれた肉塊の向うから、ハリエットと、兄姉たちのほうを見上げると、歯をむき出して唸った。(97)

ここに見られる「生肉嗜好」は、「野生児(feral children)」――人間社会との接触を断たれ、隔離環境のもとで成長した子ども――を記録した文献の主要モチーフの一つであり、有名な「狼っ子」アマラとカマラや、「シャンパーニュの野生少女」[*14]の事例を思い起こさせて興味深い。こうしたべンの姿を目にするにつけ、ハリエットは彼が「人間ではないんじゃないか」（105）という疑念を深めていく——ベンは何万年も前に滅んだ種への「先祖返り」（180）であり、彼と同じ遺伝子を持つ子が今もどこかで生まれようとしているのではないか、と。ここで、本作におけるベンの「他者化（othering）」はその極に達していると言えるだろう。

やがて、上の子たちはベンを連れ戻したハリエットに抗議して家を出て、寄宿学校に通い始める。ベンと直接接触する時間が最も多かったポールは——「二人の子どもたちは、たがいに憎み合っていた」（109）——、神経を病んで情緒不安定な子どもに育つ。一方、家庭崩壊から仕事へ逃避したデイヴィッドはほとんど家に寄り付かなくなる。そして中等学校に進んだ後のベンは「教育不可能な、同化も不可能な、望みのない連中」（120）と仲間を作り、何日も行方をくらますようになる（その間に強盗などの犯罪行為に手を染めているらしいとハリエットは推測する）。最後にハリエットは家族のいなくなった家を売りに出すことを決める。こうして、彼女が結婚当初に夢見た家庭の幸福は完全に破綻する。

さて、ここまでの論述から分かる通り、作者レッシングはベンというキャラクターを造型するにあたって、様々な言説から引き出されたイメージ群を駆使し、ときに逆転させてもいる。つまり、民話、おとぎ話からゴシック小説、ホラー映画、骨相学、ロマンティック・チャイルド絵画、野生児文献まで、多様なジャンルや形式が参照そして／またはパロディ化され、ベンという多義的なキャラクターを作り上げているのである。

ベンの兄姉たち

しかしベンの造型を分析する際には同時に、本作に登場する他の子どもたち、すなわち彼の兄姉たちについても検討する必要がある。彼らはどのように描かれているだろうか。まず第一子ルークは「手のかからない赤ん坊だった。大きな寝室の隣にある小部屋で大変おとなしく眠り、心ゆくまで母乳で育てられた」(17) と描写され、素直で従順な、両親の期待に適う子どもとして育つことが示される。彼と第二子ヘレンは「共に薄毛の金髪で、青い目とピンクの頬をした」「小さな子どもたち」(20) と描写される。彼らの天使のように美しくかわいらしい容姿は、ジョン・エヴァレット・ミレーによる優美な子どもの絵、例えば《チェリー・ライプ》(一八七九年) や《シャボン玉》(一八八五–八六年) といった「ファンシー・ピクチャー」を想起させる。[*15]

第三子ジェインについては個別的な描写がほとんど見られないのだが、それは要するに彼女が上の二人と同質的な子どもであることを示唆しているのだろう。第四子ポールも基本的に他の三人の子たちの特徴を共有するが、彼は本作でベンに次いで描写量が多い子どものキャラクターである。「あのうっとりするような、食べてしまいたいほどかわいい坊や、彼女のポール」(99) はハリエットのとりわけお気に入りの子であり、その「ひょうきんな、柔らかい小さな顔に、優しい青い目……やわらかい小さな手足」ゆえに、「彼女はこの子の外見を愛していた」(49–50)。特にポールに関して言えることだが、つまるところベン以外の子どもたちは両親にとって「このうえなく魅力的で、喜ばしく、心がとろけるほど愛らしくて面白い」(69) 存在であり、フィリップ・アリエスが子どもに対する近代的態度の特徴として論じた「可愛がり」の理想的な対象、すなわち「大人にとって［の］楽しさとくつろぎのみなもと」[*16] にほかならないのである。そうした彼らが、ベンの誕生後に繰り返し「本当の」子どもと呼ばれることはきわめて重要である (50, 75, 83, 90)。両親の期待する基準を満たす兄姉たちと異なるベンはすなわち「本当の」子どもではない何か、いわば文字通りの「取替え子」(59) として認識されることになるのだ。

「概念的排斥」

ここで参照したいのが、冒頭で言及したジェンクスによる「概念的排斥」の理論である。彼は子ども社会学の古典と目されている著作『チャイルドフッド』（第二版、二〇〇五年）において、一九九三年のジェームズ・バルガー事件に関する新聞報道を精緻に分析した。十歳の少年二人が二歳の幼児を残虐な方法で殺害したこの痛ましい事件は、西洋の伝統的な子ども概念――ロックとルソーを出発点として啓蒙主義時代以来様々な曲折を経ながらも、大筋においては現代まで保持されてきた子ども観――を崩壊させかねないほどの衝撃をもたらした。その衝撃に対処するためにイギリスの新聞各紙（ここでは高級紙）が用いた修辞的戦略をジェンクスは怜悧に読み解いてみせた。当時の新聞記事において、容疑者の少年二人は「サタンの落とし子」や「邪悪な怪物」といった煽情的なフレーズを用いて描写された。こうして彼らを文字通り「悪魔化」するレトリックの目的は、悪質な暴力行為を犯した者たちを「子ども」のカテゴリーから徹底して排除することにあった。なぜなら、「子どもなるもの」（いわゆる「大文字の子ども（the Child）」）というカテゴリーから概念的に排斥された少年たち（＝「似非子ども（would-be children）」）は悪や病理のイメージを通じて本質化された別のカテゴリーへと追いやられ、結果として社会は「子どもとは何か」ということの本質を再確認し、ひいては子どもの生得的イノセンスという原初的なイメージを回復させることができるからである。[*17]

以上のようにバルガー事件に即してジェンクスが論じた「概念的排斥」は、『破壊者ベンの誕生』

の解釈にも有効な視点を与えてくれる。容疑者の少年たちと同じように、本質主義的な「子ども」の規範が課す条件——無垢性や（大人への）依存性、善良さ、従順さ——に適合しないベンは、「子どもなるもの」のカテゴリーから排斥されなければならない。ジェンクスの言う「ラディカルな他者性のイメージ（images of radical alterity）」[*18]を通じてベンが「ゴブリン」や「先祖返り」といった別のカテゴリーへ追放されることによって、理想的な「子ども」の領域は保護され再強化されるはずである。だからこそハリエットは、ベンを「怪物たち」（137）の領域、すなわちあの恐るべき施設へと追放することに一度は同意するのである。しかし結局彼女はそこからベンを救い出さずにはいられなかった。なぜなら、作品の倫理的中核とも言うべき一節でハリエットが述懐するように——

「私は、ベンを見殺しにはできなかったのだ。」口には決して出さなかったものの、心の中で、彼女は激しく自分を弁護していた。みんなが——彼女も属しているこの社会が——支持し、信じている、あらゆることからして、彼女があの場所からベンを連れ戻すほか、選択肢はなかったのだ。（117）

こうしていわば自身と「社会」の人間性を守るためにハリエットはベンを家に連れ戻し、「子ども」の領域へ再同化させようと努めるのだが、ベンの救出と復帰の必然的な代償として、彼女の「本当の」子どもたちはハリエットのもとから失われてしまうのである。

おわりに――子どもらしさの構築に潜む暴力性

最初に述べた通り、『破壊者ベンの誕生』は多様な解釈を誘う作品である。しかし少なくとも子ども表象の問題に関する限り、結論として次のように言うことができるだろう。子どもを中心的主題とする現代イギリス小説の中で本作が重要な位置を占めるのは、「子ども」というカテゴリーが「子どもならざるもの」の排斥によって構築されることを問題化しているからにほかならない。ベンという「怪物的子ども」の意義は、「モンスター」の語源（L. *monere*「警告する」）の通り、子どもらしさの構築自体に内在する暴力性を読者に対して開示する能力にこそ求められるべきなのである。

注

＊1　Katherina Dodou, "Examining the Idea of Childhood: The Child in the Contemporary British Novel," in Adrienne E. Gavin ed., *The Child in British Literature: Literary Constructions of Childhood, Medieval to Contemporary* (Basingstoke: Palgrave Macmillan, 2012), 240.

＊2　Reinhard Kuhn, *Corruption in Paradise: The Child in Western Literature* (Hanover and London: Brown University Press, 1982), 16-64.

＊3　Louise Yelin, *From the Margins of Empire: Christina Stead, Doris Lessing, Nadine Gordimer* (Ithaca and London: Cornell University Press, 1998), 101-07.

＊4　Norma Rowen, "Frankenstein Revisited: Doris Lessing's 'The Fifth Child'," *Journal of the Fantastic in the Arts* 2.3 (1990), 41-49; Isabel C. Anievas Gamallo, "Motherhood and the Fear of the Other: Magic, Fable and the Gothic in Doris Lessing's *The Fifth Child*," in Richard Todd and Luisa Flora eds., *Theme Parks, Rainforests and Sprouting Wastelands: European Essays on Theory and Performance in Contemporary British Fiction* (Amsterdam-Atlanta, GA.: Rodopi, 2000), 113-23.

＊5　Karen J. Renner, *Evil Children in the Popular Imagination* (New York: Palgrave Macmillan, 2016), 19-21.

＊6　Daniel Sullivan and Jeff Greenberg, "Monstrous Children as Harbingers of Mortality: A Psychological Analysis of Doris Lessing's *The Fifth Child*," in Karen J. Renner ed., *The 'Evil Child' in Literature, Film and Popular*

Culture (London and New York: Routledge, 2013), 113-33.

＊7 Emily Clark, "Re-reading Horror Stories: Maternity, Disability and Narrative in Doris Lessing's *The Fifth Child*," *Feminist Review* 98.1 (2011), 173-89.

＊8 Doris Lessing, *The Fifth Child* (1988; Hammersmith: Harper Press, 2010), 53, 67. 以下、本作からの引用はすべてこの版に拠り、本文中の括弧内に頁数を示す。なお訳出にあたっては以下の邦訳を参照し、適宜改訳を施した――ドリス・レッシング『破壊者ベンの誕生』上田和夫訳（新潮文庫、一九九四年）。

＊9 Sandra Dinter, *Childhood in the Contemporary English Novel* (London and New York: Routledge, 2020), 90.

＊10 Chris Jenks, *Childhood: Second Edition* (London and New York: Routledge, 2005), 128.

＊11 Dinter, 100.

＊12 Margarida Morgado, "The Season of Play: Constructions of the Child in the English Novel," in Karín Lesnik-Oberstein ed., *Children in Culture: Approaches to Childhood* (Basingstoke: Palgrave Macmillan, 1998), 213.

＊13 Anne Higonnet, *Pictures of Innocence: The History and Crisis of Ideal Childhood* (London: Thames and Hudson, 1998), 33-34.

＊14 B・ベッテルハイム他『野生児と自閉症児――狼っ子たちを追って』中野善達編訳（福村出版、一九七八年）、七一頁。R・M・ジング『野生児の世界――35例の検討』中野善達・福田廣訳（福村出版、一九七八年）、二三八―二三九頁。

＊15 Higonnet, 32, 50. ミレーによるこの二作品には、一八世紀のトマス・ゲインズバラ、ジョシュア・レノルズの

子どもを主題とする絵画に端を発し、現代の大衆文化にまで継承されている「英国の子供の「かわいい」」が凝縮されたかたちで表現されていると言える（佐藤直樹『ファンシー・ピクチャーのゆくえ――英国における「かわいい」美術の誕生と展開』〔中央公論美術出版、二〇二一年〕、三七九頁）。

＊16　フィリップ・アリエス『〈子供〉の誕生――アンシャン・レジーム期の子供と家族生活』杉山光信・杉山恵美子訳（みすず書房、一九八〇年）、一二三頁。

＊17　Jenks, 128-29. 同様のメディア報道は、警官による黒人男性の射殺をきっかけにロンドンから主要諸都市に拡大した二〇一一年の暴動事件（逮捕者約二千人の過半数が十八歳未満）のときにも見られた。この場合、新聞記事は暴動に参加した子どもや若者を「野生化した子どもたち」として語ることで、彼らを正常な「子ども」のカテゴリーから概念的に排斥したのである（Renner, 128, 143-47を参照せよ）。

＊18　Jenks, 129.

第5章

多様化した家族形態の中の子ども

――ニック・ホーンビィ『アバウト・ア・ボーイ』(1998年)

はじめに――二人の主人公

ニック・ホーンビィの第二長篇『アバウト・ア・ボーイ』（Nick Hornby, *About a Boy*, 1998）は、一九九〇年代のいわゆる“lad lit”（若い男性向け小説）[*1]を代表する作品の一つである。lad litの主人公は精神的に成熟しきれていない二十代後半から三十代半ばの男性であることが多く、「欠陥を抱え、誤りに陥りがちで自己卑下的な」アンチ・ヒーロー[*2]をその典型とする。「男性の告白小説」[*3]とも定義されるlad litは青年または中年の男性による一人称語りを基本型とするが、『アバウト・ア・ボーイ』がこのジャンルの中で異色なのは、成人男性と少年という二人の焦点化人物を設定した三人称小説の形式を取っている点である。本作は章ごとに二人の主人公の視点を交代させ、互いに相対化させるかたちで進行し、物語上、中年男性（ウィル）と少年（マーカス）にほぼ等価な重みづけがなされているところに特色がある。

ウィルは三十六歳の現在に至るまで一度も定職に就いたことがなく、亡父が作曲した有名なクリスマスソングの印税収入によって何不自由ない生活を送っている。流行と女性を追いかけることにしか関心がない彼は、ニコラ・ステピックが指摘する通り[*4]、文学史的には王政復古期の風習喜劇以来の「しゃれ者（fop）」――「虚栄心が強く、利己的かつナルシスティックで、他者の福利に無関心な」軽薄男[*5]——の系譜に連なるキャラクターである。一方、もう一人の主人公マーカスはシングルマザーの母親フィオナと二人暮らしをしながらロンドンの公立中等学校に通う十二歳の少年である。ヒッピー／ニューエイジャーくずれの母親の影響を受けて変わり者として育ったマーカスは周囲から浮き上がり、転校先の学校にもうまくなじむことができない。学校で受けているいじめについてマーカスがウィルと話す場面に次のような一節がある。

「考えないようにしてるんだ。起きちゃったことだから。起きなければ良かったとは思うけど、それが人生ってもんだろ。」

マーカスはときに百歳の老人のようなことを言った。それがウィルには何ともやりきれなかった。[*6]

右の箇所から分かるのは、この少年の文学的起源が"*puer senex*"（老人らしい少年[*7]）という古典的トポスにあるということだ。「この世界で最も年老いた十二歳」（101）であるマーカスは、「子ども期と老年期を組み合わせて単一の人物像を作り上げる文学的モチーフ[*8]」を現代小説に応用したキャラクターであると言える。

「年齢の逆転」

もともと何の接点もなかった中年男と少年は、前者がシングルペアレントの自助グループに素性を偽って参加したのをきっかけにして出会い、それ以後奇妙な友情を発展させていくことになる。共通するところのまったくないように思われるウィルとマーカスを結びつける要因は何だろうか。それは彼ら二人が共に、それぞれが属する年齢集団の規範から逸脱した不適応者であるという点に求められる。つまり、ウィルは三十代半ばであるにもかかわらずいまだにティーンエイジャーのように振る舞い、反対にマーカスは十代初期の年齢でありながらすでに老成した大人のような態度を示すのである。端的に言うならば『アバウト・ア・ボーイ』とは、この「年齢の逆転（age inversion）」[*9]の構造に基づく作品である。本作の物語は「早熟な子ども」であるマーカスと「子どもっぽい大人」であるウィルの相互作用を軸に展開していくが、そうした未成熟な大人と成熟した子どもの「ペアリング」はイギリス小説の中にマイナーな伝統があり、先行作品としてF・アンスティの『あべこべ』（F. Anstey, *Vice Versa*, 1882）やロバート・ルイス・スティーヴンソンの『さらわれて』（Robert Louis Stevenson, *Kidnapped*, 1886）などを挙げることができる。[*10]これらの小説は大人と子どもが何らかの共通の経験を通じ、人生における重要な教訓を互いから学び合うという物語であり、『アバウト・ア・ボーイ』との類似性を読み取ることは難しくないだろう。しかし、本作が先行作品と異なるのは、年齢の逆転というモチーフが二重に仕掛けられている点である。つまり『アバウト・ア・ボーイ』においては、ウィルとマーカスという主人公二人の間だけでなく、マーカスと母親フィオナの親子間にも「子どもと大人の逆転」を見て取ることができるのである。以下の論考では、本作におけるこの二重の逆転モチーフの展開を分析していくことにしたい。

「子どもと大人の逆転」（1）――マーカスと母親フィオナ

最初にマーカスとフィオナの母子関係の考察から始めよう。ここでまず参照しておきたいのは、ディケンズ作品における「親と子の逆転」のテーマに関するアーサー・エイドリアンの研究である。エイドリアンによるとディケンズの小説では、大人と子どもの立場や属性があべこべになった親子関係がほとんど「強迫観念」[*11]のように頻出する。つまり、子どもは誠実で責任感が強く、知的・道徳的に成熟し、高度に自律的であるのに対し、親の方は思慮分別に欠け、精神的にも肉体的にも堕落した、無責任で依存的な人物として描かれるのである。例えばディケンズ初期の小説『ニコラス・ニクルビー』（*Nicholas Nickleby*, 1838–39）には、放蕩で身を持ち崩し債務者監獄に暮らすウォルター・ブレイと彼の従順な娘マデリンが登場する。マデリンは絵や装飾品を細々と売って生活の資とし、自堕落で横暴な父親をかいがいしく世話する。こうした親による子の搾取は『ニコラス・ニクルビー』においてマイナーながらも確固たる主題を形成しており、類似の親子関係は旅芸人一座の座長ヴィンセント・クラムズと娘ニネッタの間にも見出すことができる。ニネッタの年齢は優に十五歳を越えているにもかかわらず、観客には十歳の少女として紹介される。彼女は幼い頃から毎晩遅くまで起きてジンの水割りを飲まされることで健全な発育を阻害されているのだ。この処置は年端もいかない子どもが成熟した大人の役柄を演じるのを楽しむ観客の嗜好に合わせるために行われるのだが、そうして非情にも「商品化」されたニネッタの演技は（父親によれば）一座の目玉の出し物となっている。このように親のために「稼ぎ手」となって働いて経済的負担を背負う子どもがディケンズ作品には実に多く描かれている。そして『ニコラス・ニクルビー』の翌年に発表された『骨董屋』（*The Old Curiosity Shop*, 1840–41）では、親と子の逆転は祖父と孫娘の関係として変奏される。純真無垢な少女ネルは慈愛深い導き手として、賭博狂の愚かな老祖父を物心両面で支え、借金取りからの悪夢的な逃避行に同行して彼を破滅から救おうと努める。物語の初めで祖父自身が認める通り、大人と子どもの役割は完全に逆転している――「事実、多くの点で、わたしは子供、あの娘が大人なんですからね」[*12]。こうした子どもと大人の倒錯した関係はディケンズの中期および後期の小説にも繰り返し出てくるが、完成した最後の長篇『我らが共通の友』（*Our Mutual Friend*, 1864–65）では、人形衣装師の少女ジェニー・レンと父親の「あさましい親子関係の逆転」[*13]が印象的に描かれている。彼女は身体的には不具者でありながら、幼い頃からの苦労によって明敏な洞察力を身につけている。娘の稼いだ金を飲み代に使ってしまうろくでなしの父親を「世話のやける悪い子」（472）、「老いぼれの放蕩息子」（476）と呼びながらも、ジェニーは辛抱強い「叱責」（474）によって彼を改心させようとする。彼女は厳しくも愛情深い母親としての姿勢を父が死ぬまで（死んだ後も）保ち続ける。興味深いことに、そのようなジェニーを語り手は子どもと大人の状態が混在した人物として描写している――「この奇妙な少女の年齢はちょっと推測しかねるところがあった。……顔はひどく幼くもあれば年寄りじみても見えたからだ」（440–41）。クローディア・ネルソンの用語を借りれば、ジェニーは「大人子ども（woman-child）」[*14]とでも呼ぶべき存在である。さらに言うならば、逆転した親子関係を生きるディケンズ作品の早熟な子どもたちはみな「大人子ども（man/woman-child）」という倒錯した、いささかグロテスクなキャラクターにほかならないのだ。ネルソンの研究書はディケンズの他にも多数の同時代作家の作品に見られるこの奇妙な子ども像を掘り起こして論じているが、その伝統を現代イギリス小説に復活させた作品が『アバウト・ア・ボーイ』であると言えるだろう。

それでは、『アバウト・ア・ボーイ』においてフィオナとマーカスの親子関係の逆転はどのように描かれるのだろうか。まず注目に値するのは、作品冒頭の一文である。マーカスは直近のパートナーとの関係について母親にこうたずねる――「『それで、別れたの？』（"So, have you split up now?"）」（1）。アリ・グーンズも指摘する通り、このセンテンスは現代社会における家族構造の変化、すなわち伝統的家族形態の「解体（split-up）」を暗示していると言える。[*15] 本作が核家族崩壊後の「ポスト伝統的」家族の中で生きる子どもの姿を描いたものであることが、冒頭からはっきりと示されているわけである。しかしここで気をつけなければならないのは、マーカス自身は両親の離別後の新生活をそれなりに楽しんでいるようにも思われることである。

両親の関係が終わったというだけで、こんなにいろんなことが変わってしまうなんて信じられないほどだった。とはいえ、彼としては別に平気だった。二番目の生活のほうが最初の生活よりいいと思うことだってあるくらいだ。前よりいろんなことが起きる。それはいいことにちがいなかった。（3）

ここからうかがえるマーカスの姿勢には、近年の家族社会学の知見に合致するところがある。つまり最近の離婚研究では、親の離婚が子に及ぼす「リスク」（否定的影響）だけを見るのではなく、子ども自身の「レジリエンス」（柔軟な回復力）を重視する傾向があり、その際に子どもは「両親の離婚の受動的犠牲者」よりもむしろ「家族生活の主体的実践者」[*16]として理解される。環境の変化へ自分なりに適応しようとするマーカスはまさにそのような存在として捉えられるべきであるが、彼と対照的な姿勢を示すのが母親のフィオナである。物語の序盤、第五章の冒頭部分を見よう。

ある月曜の朝、彼の母親は朝食の前に涙をこぼしはじめた。彼は恐ろしくなった。朝から泣くなんて、これまでなかったことだ。とても悪い兆候だった。つまり、これからはいつだって、何の前触れもなくこういうことが起こりうるというわけだ。(28)

なぜ母がこうして泣いているのか理解できず、しばらくの間途方に暮れた後、マーカスは次のように声をかける。

「お茶、飲む？」

すっかり鼻声になっているせいで、マーカスは母親が何と言っているのか推測するしかなかった。

「ええ、お願い。」(28)

息子と母のこの一見何気ないやり取りには、これ以降の「親と子の逆転」が予示されていると言えよう。“Shall I be mother?”（私がお茶を入れましょうか）という慣用句を引き合いに出すまでもなく、（特に気落ちしたり動揺したりしている家族を元気づけ落ち着かせるために）お茶を入れるのは、イギリスでは伝統的に母親の役割と相場が決まっている。その行為を母に代わってマーカスが行うことには、親と子の役割の転倒と交換という象徴的意味が込められているのである。精神状態の悪化したフィオナが自殺未遂を起こした後の場面では、マーカスはふたたび母に向かって次のように声をかける――「『お茶はぼくが入れるよ』彼は明るく言った。少なくともこれで、やるべきことがひとつ見つかった」(112)。こうしてマーカスは文字通り、環境の変化に適応できずに苦しむフィオナの「母親になる」よう迫られるわけなのである。

親子関係の逆転を示す象徴的な場面をもう一つ見よう。ある日、マーカスは家で母と映画を観るためにビデオをレンタルしてくる。ビデオ屋で映画を選ぶのには細心の注意が必要だった。少しでも死を連想させるようなものを自殺傾向のある母に見せるわけにはいかないからである。最終的にマーカスが選んだのは『恋はデジャ・ブ』（ハロルド・レイミス監督、一九九三年）であった。ところが、「ケースの裏にはとてもおもしろいと書いてあった」にもかかわらず、困ったことに途中から「映画の内容が変わってきて、自殺がテーマになってしまった」（75–76）。『恋はデジャ・ブ』は、前日と同じ一日が繰り返される無限ループにはまり込んだ主人公が絶望して自ら命を絶とうとするものの、翌朝目覚めるとまた同じ一日が始まり、そのたびにまた自殺を試みるという筋立ての作品である。今のフィオナが最も観るべきでない映画であることは明らかなので、マーカスは適当な言い訳を見つけてビデオを途中で切ろうとする。しかしフィオナは息子がそうする理由をまったく理解せず、映画の残りを観ようとのんきに言い続けるのだった。マーカスにしてみれば、「こっちは、ママがくりかえし自殺を企てる男の話を見なくてすむように心を砕いているのに」（78）と思ってやりきれない気持ちになるのも無理はない。この時のマーカスは学校でのいじめにひどく悩まされており、彼にとっては自分自身の人生がすでに十分辛く堪えがたいものとなっているのであり、そこへもってきて母親のメンタルヘルス問題にも対処しなければならないというのは、明らかに十二歳の子どもが背負いきれる限度を超えている――「『ずっとここにいて、ママのおもりをしてるわけにはいかない』」（74）のであるから。別の場面でマーカスが思うように、「こんなのって、ひどい。ぼくはまだ子どもだ。しかし、最近そう考えるたびに、マーカスはどんどん年老いていった」（44）。

このように見てみると、"*puer senex*"たるマーカスの早熟さ――本来は大人が子どもに対して示すような配慮や優しさを見せること――は、精神的に不安定な母親との暮らしが彼に強いたものとして解釈することができよう。ディケンズ作品の子ども像との関連がここでも有効かもしれない。先に見た通り、『我らが共通の友』のジェニー・レンのように親子関係の逆転に直面した子どもたちは、大人の無責任や身勝手によって年齢に不釣り合いな「成熟」を強制されてしまうのである。[*17] マーカスとフィオナの逆転した関係を描くにあたって、大人としての責任を放棄した親に対して作者ホーンビィが（ディケンズと同じように）厳しい批判の眼を向けていることは間違いないであろう。[*18]

「子どもと大人の逆転」(2)――マーカスとウィル

このような状況のもと、「ふたりだけでは不充分だ。……家族を作らなきゃ」(75) と悟ったマーカスは、ウィルに助けを求めることになる。いかなる責任も回避して生きてきたウィルであるが、皮肉なことに彼は物語中一度ならず二度までも「父になる」。[*19] 一度目は、彼がシングルペアレントの会合に参加するために架空の息子ネッドの存在を捏造するとき、そして二度目は、このグループを通じて出会う現実の少年マーカスの「代理父」となるときである。ネッドが実は存在しないことを突き止めたマーカスは、拒んだら嘘をばらすと脅し、学校の帰りにウィルのフラットに連日立ち寄るようになる。そうして二人の疑似親子的関係が始まるわけだが、母親や学校生活の問題について話を聞く中で、ウィルはマーカスに対して知らず知らずのうちに関心と愛情を抱くに至る。ウィルとマーカスは一緒にいる時間の大半を決まったTV番組を観て過ごすのだが、彼らが互いの距離を縮めるためのいわば媒介役を果たすのがテレビというメディアであるのは興味深いところだ。[*20] 社会学者のニール・ポストマンによれば、読み書き能力に基礎を置く大人と子どもの差異／ヒエラルキーを解体し、両者の境界を曖昧化したのは、二〇世紀後半に普及したテレビにほかならない。書物と違って、内容を理解するのに特別な技能を要さないテレビは、「子どもと大人を区別することを不必要にした。なぜなら、テレビの性格が精神を均質化するからである」。[*21] 本作のマーカスとウィルはまさにポストマンが言うところの「大人化された子ども」と「子ども化された大人」[*22] にほかならず、その意味で彼ら二人がテレビを観ることを通じて絆を形成し始めるのはきわめて示唆的であると言えよう。

マーカスの当初の目論見は、母親の鬱状態を改善させるためにウィルを彼女の交際相手にすることであった。しかし両者が恋愛対象として惹かれ合うことは絶えてなく、この面でのマーカスの試みは早々に放棄される。[*23] それ以降マーカスがウィルの助力を得るようになるのは彼自身の問題、すなわち学校社会への適応の問題についてである。ウィルは状況改善のために何が必要なのかを即座に見抜く。

マーカスは大人になるための手助けを必要としているのではない。彼に必要なのは、子どもになるための手助けだ。そしてウィルにとって不幸なことに、その手の援助を与えるのなら、彼ほどうってつけの人間はいなかった。(163)

つまりマーカスが必要としているのは、母親の時代錯誤的な価値観とその影響から脱し、「普通の」子どもになるということなのである。そのための導き手として、三十代半ばにしていまだ「正真正銘の十代」(54)の精神構造を持った「子ども大人」であるウィルほど適した人物はいない。ファッションや音楽等のトレンドに精通したウィルは、マーカスが今時の若者文化に同化するための指南を行う――具体的には、アディダスのスニーカーを買ってやり、母親に散髪してもらうのをやめさせておしゃれな美容院に連れて行き、ジョニ・ミッチェルの代わりにニルヴァーナのCDを聴かせることによって。ポップカルチャー全般に関する知識をウィルから伝授されたマーカスは、その知識を(ウィルの言い方によれば)「羊になる」、つまり他人と「違うようには見え」(125)なくなるために活用する。そうすれば「外側だけなんとか」して、「心のなかじゃ、好きなだけ変わり者で」(123) いられるというわけなのである。こうしてマーカスは子どもの世界でうまくやっていくための術をウィルから体得する。

しかし、マーカスとウィルの関係に関する限り、子どもと大人の逆転の原理は双方向に働く。今度は「子ども大人」であるウィルが「普通の」大人になることをマーカスから学ぶ番である。ウィルはマーカスとの付き合いを続けるなかで、彼がこれまでの人生で決して接触しなかったような様々な人々――マーカスの親戚や学校関係者たちを含めて――と関わり合いを持つようになる。ウィルがマーカスの(自分では気づいていていない)稀有な才能について思いをめぐらす以下のくだりは、ウィルの内面的変化を考えるうえで重要な一節である。

不器用だったり、変わり者だったり、あの子にはいろんな欠点があるけれど、でも、どこへ行こうと人と人とのあいだに橋をかけてしまう技術に関しては抜群だった。大人にだって、そんなことができる人はめったにいない。……風変わりで孤独なひとりの子どもが、こんなふうに人と人をつなげられるなんて、どこか皮肉だった。(286)

この「技術」によってマーカスは自分では意識せずに、「理解できない人々や好きでもない人々」(141)との接触へとウィルを巻き込んでいく。その過程でウィルは人と人との結びつきに伴う責任を引き受けることを学び、他者へのコミットメントを回避する生き方を克服していく。それが彼にとって「子ども大人」からの脱却を意味することは言うまでもない。そしてウィルが意中の女性レイチェルとの恋愛を成就させることができるのも、結局のところ彼がマーカスとの疑似親子関係を通じて新しい生き方を獲得したからにほかならない——ウィルが考える通り、「彼とレイチェルの関係を下から支えているのはマーカスという存在だった」(286)のである。

おわりに——主人公二人の変容

本章の結論として次のようにまとめることができる。最終的に本作の二人の主人公は「年齢の逆転」の原理自体を逆転させ、「子どもっぽい大人」と「早熟な子ども」であることをやめ、それぞれの暦年齢に相応しい人物へと変容を遂げる。このことは、最終章の次の一文に要約されていると言える——「[マーカス]はある種の皮を身にまとい始めていた——ウィルがちょうど脱ぎ捨てたような皮を」("[Marcus] had developed a skin—the kind of skin Will had just shed.")[*24]。つまりウィルとマーカスは互いに影響し合って役割を交換することで古い自己のあり方から脱皮し、最終的に「大人らしい大人」と「子どもらしい子ども」となることに成功したのである。

注

＊1 lad litは“chick lit”（若い女性向け小説）の男性版として考案された呼称である。chick litは結婚適齢期の女性の恋愛模様や仕事上の悩みを題材とする現代風俗小説で、ヘレン・フィールディング『ブリジット・ジョーンズの日記』（Helen Fielding, *Bridget Jones's Diary*, 1996）が特に有名。Katharine Cockin and Jago Morrison eds., *The Post-War British Literature Handbook* (London and New York: Continuum, 2010), 68-69, 61.

＊2 Rosalind Gill, “Lad Lit as Mediated Intimacy: A Postfeminist Tale of Female Power, Male Vulnerability and Toast,” *Working Papers on the Web* 13 (2009), n.p. https://extra.shu.ac.uk/wpw/chicklit/gill.html. Accessed December 15, 2021.

＊3 Andrea Ochsner, *Lad Trouble: Masculinity and Identity in the British Male Confessional Novel of the 1990s* (New Brunswick and London: Transaction Publishers, 2009), 81.

＊4 Nikola Stepić, “Objects of Desire: Masculinity, Homosociality and Foppishness in Nick Hornby's *High Fidelity* and *About a Boy*,” in Guy Davidson and Monique Rooney eds., *Queer Objects* (London and New York:

Routledge, 2019), 144.

＊5 Susan Staves, "A Few Kind Words for the Fop," *Studies in English Literature, 1500-1900* 22.3 (1982), 413.

＊6 Nick Hornby, *About a Boy* (New York: Riverhead Books, 1998), 122. 訳出にあたっては以下の邦訳を参照し、適宜改訳を施した――ニック・ホーンビィ『アバウト・ア・ボーイ』森田義信訳（新潮文庫、二〇〇二年）。

＊7 E・R・クルツィウスによれば、「［一世紀から二世紀にかけて定着した］*puer senex* のトポスは、世俗人ならびに聖職者を称揚するための型式として、一七世紀まで生きつづける。」（『ヨーロッパ文学とラテン中世』南大路振一他訳［みすず書房、一九七一年］、一三九頁）。またTeresa C. Carp の解釈によれば、このトポスは子どもを「小型の大人」と見なす中世的観念（つまり子ども期に対する無関心の態度）のあらわれとして捉えることができるという（"'Puer Senex' in Roman and Medieval Thought," *Latomus* 39. 3 [1980], 736-39）。

＊8 Carp, 737.

＊9 Claudia Nelson, *Precocious Children and Childish Adults: Age Inversion in Victorian Literature* (Baltimore: The Johns Hopkins University Press, 2012).

＊10 Nelson, 143-54.

＊11 Arthur A. Adrian, *Dickens and the Parent-Child Relationship* (Athens, Ohio and London: Ohio State University Press, 1984), 119.

＊12 C・ディケンズ『骨董屋（上）』北川悌二訳（ちくま文庫、一九八九年）、二一-二二頁。

＊13 C・ディケンズ『我らが共通の友（上）』間二郎訳（ちくま文庫、一九九七年）、四七四頁。以下、本文中で括

弧内に頁数を示す。

＊14 Nelson, 3.

＊15 Ali Gunes, "From Mother-Care to Father-Care: The Split-Up of The Traditional Heterosexual Family Relationship and Destruction of Patriarchal Man's Image and Identity in Nick Hornby's *About A Boy*," *SKASE Journal of Literary Studies* 3.1 (2011), 63.

＊16 Bren Neale and Jennifer Flowerdew, "New Structures, New Agency: The Dynamics of Child-Parent Relationships after Divorce," *The International Journal of Children's Rights* 15 (2007), 27.「リスク」と「レジリエンス」については以下を参照せよ —— Jennifer Flowerdew and Bren Neale, "Trying to Stay Apace: Children with Multiple Challenges in their Post-divorce Family Lives," *Childhood* 10.2 (2003), 147-61.

＊17 このような子どもをもう一人だけ挙げるとすれば、『オリヴァー・ツイスト』（*Oliver Twist*, 1837–39）の「アートフル・ドジャー」がいる。邪悪な老人フェイギンが束ねる窃盗団に主人公オリヴァーを誘い込むこの少年（および彼の仲間たち）は、背丈に合わぬ大きな上着を身に着け、大人のような立ち居振る舞いをし、煙草も吸えば酒も飲む。しかしネルソンによればそのような「早熟さはあくどい大人たちによって子どもに強いられたもの」である（この場合の目的は、子どもを「被害者」ではなく「主体的行為者」のように見せ、犯罪行為が発覚したときに大人たちが責任と罰から逃れられるようにすることにある［Nelson 138］）。

＊18 こうしたマーカスの姿には、近年日本でも広く知られるようになった「ヤングケアラー」（健康上、経済上の問題を抱えた家族の介護・世話や家事を担い、しばしば自身の学業や友人関係を犠牲にせざるを得ない子ど

も）を連想させるものがある。藤間公太は「ヤングケアラー家族」における親子関係について、「この場合、親と子のどちらが「大人」なのだろうか」と問うている（「依存か自立かの二項対立を超えて──児童自立支援施設における18歳問題」、元森絵里子他編『子どもへの視角──新しい子ども社会研究』新曜社、二〇二〇年、一二三頁）。

＊19　Zbigniew Głowala, "Biological, Absent, Reluctant: the Fathers and Father Figures in Nick Hornby's *Slam* and *About a Boy*," in Anna Pilińska ed., *Fatherhood in Contemporary Discourse: Focus on Fathers* (Newcastle upon Tyne: Cambridge Scholars, 2017), 116.

＊20　Stepić, 146.

＊21　ニール・ポストマン『子どもはもういない』小柴一訳（新樹社、二〇〇一年）、一七四-七五頁。一九八〇年代にポストマンが警鐘を鳴らした（そして現在なお進行中と言える）子どもと大人の境界線の曖昧化とそれによる「子ども時代の消失」という現象について、ヒュー・カニンガムは次のような意義深い指摘を行っている──「ある意味でわたしたちは、かつてアリエスが成人期と子ども期の境界は流動的ないしは存在しないと仮定した中世世界に移行しているのではないだろうか。興味深いことに、一九五〇年代フランスのアリエスは、子ども期を近代世界の特性としてえぐり出すことに成功した。その二十五年後のカリフォルニアで、今度は子ども期の終焉が嘆かれたのであった。」（『概説　子ども観の社会史──ヨーロッパとアメリカにみる教育・福祉・国家』北本正章訳［新曜社、二〇一三年］、二四二頁）。別の文脈においてではあるが、我が国で今年度（令和五年度）施行された「こども基本法」は、子どもを大人と同等の権利主体として規定することで「子ど

もの大人化」を推進しており、その意味で子どもを（かつてアリエスが定式化した）「小さな大人」として再構築しているとも考えられよう。

＊22 同上、一八五－八六頁。

＊23 フィオナが抱えるこころの問題は結局のところ解決の糸口を与えられないままに終わっているように思われる。その意味でフィオナは作中で最も変化しない人物であるとも言え、例えばグーンズは「作品の最初の文から最後の文まで、フィオナは常に不幸で、不安で、抑鬱的で自殺願望があるように見える」と述べている（Gunes, 68）。

＊24 邦訳の「[マーカスには]ずぶとい部分も出てきた――最近のウィルからは、すっかりぬけおちてしまった部分だ」（四五七頁）は、原文のヘビの脱皮のイメージを捉えそこなっており、正確な解釈とは言えない。

第６章

公営団地小説における子どもの「エージェンシー」

——スティーヴン・ケルマン『ピジョン・イングリッシュ』（２０１１年）

はじめに——タイトルの意味

二〇一一年のブッカー賞最終候補作となったスティーヴン・ケルマンのデビュー長篇『ピジョン・イングリッシュ』(Stephen Kelman, *Pigeon English*, 2011; 未邦訳)は、十一歳の移民の少年による一人称語りの小説である。主人公のハリ・オポクは母親、姉とともにガーナからイギリスへ渡り、南ロンドンの公営住宅団地に入居して地域の小学校に通っている。知り合いの少年が近所で殺害される事件に直面した彼は犯人を突き止めるべく奔走するが、結末で彼自身がナイフ犯罪の犠牲となって倒れる。本作は移民の異文化適応の経験に伴う困難や葛藤を新鮮な視点から描いた作品として高い評価を受け、現代イギリス小説の新たな古典としての地位を確立しつつある。[*1]

『ピジョン・イングリッシュ』——「ピジン英語」にかけたこの印象的なタイトルは、主人公ハリが使用する混成語的な(ガーナ語のスラングを随所に織り交ぜた)英語と、彼が生活を送る多民族コミュニティの言語的多様性を前景化している。[*2] しかし同時に、「ピジョン」は作中に登場する「鳩」への言及でもある。[*3] この鳩は副次的な語り手としての役割を担い、ある時は人間世界の事象を醒めた目で観察し、またある時はハリを気遣いながら見守り、「対話」を交わしさえする。鳩が語る箇所はハリのモノローグから成る本体部分からはイタリック体の使用によって区別されている。

こうして鳥を第二の語り手として設定するというケルマンの大胆な手法に対しては、何人かの批評家が否定的な評価を下してきた。例えばレイチェル・アスプデンは鳩の語る部分を本作の「最も弱いくだり」として退け、鳥に語らせる試みは「完全に失敗している」と述べる。[*4] なるほど本作においては、鳩のセクションがハリの語る本体部分と完全にはうまく接合していないためにややぎこちない印象を与える箇所がない[*5]とは言えない。しかしながら、鳩の語りが本作を読み解くうえで一つの重要な鍵となることは疑い得ない。そこで本章ではまず、鳩の仕掛けの意義を解きほぐすことから始めてみたい。

「鳩」の機能

商店を営むハリの父親は移民資金を貯めるためにガーナに残っており、息子のそばにいてやることができない。一方、助産師の母親はハリを気遣いながらも、高利貸しへの借金返済のためにいつも働いていて、子どもの面倒にまで十分手が回らない。治安が悪く潜在的なリスクに満ちた環境に置かれたハリを守ってくれる者は誰もいないわけである。したがって当然、スージー・トマスが言う通り「彼の脆弱性は高められることとなる。……そこでケルマンはハリに鳩という守護天使を与えるのである」[*6]。実際、ハリは確かに自分を保護する存在として鳩を認識している。最初に語り手として登場するとき、鳩は次のように言う――「私は太陽が昇るのを見てから、あの男の子を学校まで見送った」[*7]。鳩のこの言葉は、それに先立つハリのモノローグに呼応していると考えられる。以下は、朝一人で通学することに伴う問題についてハリが語っている一節である。

マニクのパパは毎日彼と一緒に学校まで歩いて行く。マニクを強盗どもから守らなきゃいけないからだ。マニクは一度スニーカーを盗まれたことがあった。デル・ファーム・クルー（DFC）[*8]のメンバーが盗んだのだ。サイズが合わないと分かると、奴らはスニーカーを木の高いところに置いた。マニクは太りすぎで木に登れないから、それを取り返すことができなかった。

マニクのパパ「今度同じことをしてみろ、ただじゃおかないぞ、クソガキどもめ。」
マニクのパパはとても怖い。(12)

この短い一節の中でハリが同級生マニクの名前を六回も繰り返しているのは示唆的である。というのも、そうすることでハリは、不良グループに襲われる危険が自分ではなくマニクだけに関係するかのように自らに言い聞かせ、不安を取り除こうとしているからだ。「あの男の子を学校まで見送った」という鳩の言葉は、ハリのこうした不安に直接応答したものと解釈できる。そう考えれば、「その鳥を通じて語っている」[*9]のは（トマスが考えるように）作者ケルマンであるというよりも、むしろハリ自身であると見るべきであろう。換言すれば、鳩はハリの思考や感情が投影ないし拡張された存在にほかならないのだ。[*10]

鳩の語りがハリのモノローグに対応していると考えられる箇所は、ほかにも作中の随所に見出すことができる。例えば、「冬になると鳩は南へ飛んで行くの？」というハリの問いかけに対して、鳩は即座に「君が行くところならどこへでも行くさ」（201）と返答する。また、ハリが乾きかけのセメントの上に残した足跡を見張ってくれるよう頼むと、鳩は請け合って次のように言う――

分かった。君の楽しみを台無しにしようとする奴は思いがけない目にあうだろう。近づいてくる奴がいたら糞を落としてやるさ。（Anyone wants to spoil your party they'll get more than they bargained for, I'll shit on anyone who gets too close.）（209）

この一節では、主語の重複や接続詞を省いた並列といった非標準的な英語文体のために、ハリ自身が鳩を通して語っているという印象を特に強く与える。いやむしろ、ここで――あるいは全篇を通じて――ハリは鳩と想像上の「対話」を交わしていると考えた方が良いかもしれない。その観点から見ると興味深いのが以下の一節である。ハリは「彼の」鳩がカササギに襲われている光景を目撃する。

僕は走って行って鳥の群れに飛び込み、一羽残らず追い払った。僕の鳩は芝生の上に座った。とても怖がっていて惨めそうに見えた。僕は思わず泣きそうになったけれど、血は出ていないしどこか折ったわけでもなさそうだ。

僕「大丈夫？」

鳩「　　」

……僕「気を付けるんだよ、鳩君。奴ら、後でまた追って来るかもしれないから。決して油断しちゃいけないよ。学校から帰ったら様子を見に来るから、いいね？」

鳩「オーケー。君はいい子だね、ハリ。助けてくれてありがとう。」（彼は僕の頭の中でだけそう言った。）（227–28）

最初鳩が話そうとしないために（「　　」の空白はもちろんそのことを示す）、引用の後半でハリは自分の思いや願望を投影することで鳩に声を与えているのである。この会話が想像上のものであることはハリ自身が最後に認めている通りだ。ハリが鳩と直接言葉を交わすくだりはこの後でもう一箇所出てくる。

僕「こんにちは、鳩君、君なのかい？　僕のこと見守っててね？」
鳩「もちろんさ！」（247）

ここでハリは、自分と鳩が互いにとっての守護者であるような関係を想像している。実際のところ、彼はＤＦＣを恐れている自分と、カササギの脅威にさらされた鳩とを同一化しているのである。ハリが自分と鳩を同一化するのは、両者がともにmigrant（移住者／渡り鳥）であるからだ（本書の献辞が「旅人のために（"For the Traveller"）」となっていることを思い起こしてもよいだろう。）さらに重要なのは、鳩がばい菌を媒介する迷惑な生き物として疎まれているという事実である。このことについてハリは次のように語る。

その後で手を洗う必要はなかった。僕の鳩はばい菌なんか持ってないからさ。大人はいつも手を洗えってそればっかり言うね。でもここにはほんとに信じられないくらいたくさん鳩がいるんだ。みんないつも怖がってる。アフリカのばい菌は一番たちが悪いって。だから［同じクラスの］ヴィリスは僕があいさつしようとしたら走って逃げたんだ。僕のばい菌を吸い込んだら死んじゃうと思ってね。（8）

そしてこの一節に呼応するかのように、鳩の語りでは「人間たちは僕らを締め出すためだったらどんなことでもやる」（102）と述べられる。ここでは、不潔で歓迎されざる侵入者として、鳥と移民が明らかに結びつけられている。このようにハリが自身と鳩を同一視するのは、自分と家族がイギリスでは受け入れられない存在であると感じているためである。ここで重要なのは、鳩との想像上の自己同一化はハリにとって単なる現実逃避の手段などではなく、移民としての疎外感や葛藤を緩和し克服するための能動的方策にほかならないということである。

「エージェンシー」

こうして自分の感情や思考を投影して鳩と「対話」を交わし、さらには自己との同一化を試みるハリは、豊かな想像力を積極的に駆使することで、危険と脅威に満ちた（しかも守ってくれるべき者からの助けが得られない）過酷な環境を何とか生き抜こうとしているのである。このようなハリの姿は、新しい子ども社会学が強調する「子どものエージェンシー」という概念を想起させる。子どものエージェンシーすなわち行為者能力（行為主体性）は、新しい子ども社会学が提示するパラダイムの中核的な概念である。これは簡単に言えば、自律した社会的行為者《ソーシャル・アクター》、つまり自己の行動に関する選択を行い、自らの考えを表現する能力を備えた主体的存在として子どもを捉え直そうとする考え方のことである。[*11] アラン・プラウトとアリソン・ジェイムズは、新しい子ども社会学の「中心的信条」を述べたマニフェスト的論文「新しいパラダイム？」（一九九〇年）の中でこの概念を定式化し、子どもを「自分自身と周囲の人々の社会生活を能動的に構築・決定する者」として定義づけている。[*12] エージェンシーを子どもの本質的特徴として規定することが重要なのは、環境からの影響を受動的に被るだけの存在としてではなく、自らの人生が進む方向をある程度コントロールし、同時に周囲で起こる変化に何らかの形で関与する能力を持つ者として子どもを再概念化することが可能になるからである。『ピジョン・イングリッシュ』の主人公ハリは、まさにそのような主体的存在としての子どもという概念を具現化したキャラクターであると言えよう。

公営住宅団地と探偵

右で論じた鳩との関係のほかに、ハリの「エージェンシー」が本作においてよくあらわれていると思われるのは、彼の「探偵」としての役割である。この役割を論じるにあたっては、それが演じられる場所についてまず簡単に検討しておく必要がある。ハリが南ロンドンの公営住宅団地に住んでいることは冒頭で述べた通りだが、本作の最も興味深い点の一つはこの舞台設定にあると言ってよい。公営住宅団地（housing estates）[13]は「イギリスで最も恵まれない、高度にスティグマ化されたコミュニティ」であり、その約半分が下位二十パーセントの最貧困地域に集中していると言われる[14]。経済的・民族的な「棲み分け」の場としていわばゲットー化された公営住宅団地とその周辺地域には、『ピジョン・イングリッシュ』で描かれる通り暴力、凶悪犯罪、薬物濫用、虐待といった問題が蔓延しているが、ハリはそうした劣悪な環境の影響にできる限り抗いながら、生来の無垢さと善良さを保ち続けようと苦闘するのである。その意味で、本作はウィリアム・ブレイク「煙突掃除の少年」（William Blake, "The Chimney Sweeper," 1789, 1794）やディケンズ『デイヴィッド・コパーフィールド』などと同様に、不利な環境に置かれたイノセントな子どもの目を通して社会に巣食う不正や欠陥を批判する作品の系譜に属していると言えよう。また、移民としてイギリスにやって来てから日の浅い主人公は、団地とその住人たちをアウトサイダー的な視点から観察することで、物質的・社会的に剥奪された「アンダークラス」の世界と、そうした世界になじみのない中流階級読者との間を橋渡しする役割を果たしているとも考えられる。

エミリー・カミングが指摘する通り、小説や映画の舞台としての公営住宅団地は、困難や危険（そしてしばしば悲劇）をはらんだ空間として表象される一方で、「冒険とプロットの展開のための劇的空間」としても機能し、とりわけ「少年による積極的な世界探索の場」を提供する点で注目に値する。[*15]『ピジョン・イングリッシュ』では、この「世界探索」のテーマがハリの探偵としての役割を通じて追究されていると言える。

さて、これまでに引用した箇所からも分かる通り、『ピジョン・イングリッシュ』はほぼ全篇にわたって（つまり「鳩」が語る部分を除いて）、ハリの特徴的な語りによるモノローグで構成されている。モノローグの内容は基本的に彼の身辺で起こることに対するその時々の観察と、ガーナで暮らしていた頃の出来事に関する回想で占められ、読み方によってはやや散漫な印象を受ける読者がいたとしてもおかしくはない。[*16] とはいえ、本作は全体の枠組みとして探偵小説の形式を採用しており、ハリの自宅近くで起こる殺人事件[*17]がストーリーをまとめる求心的な役割を果たしていることに留意すべきである。

作品の冒頭部分を読んでみよう。ハリが殺人現場で見たことを描写する文章である。

血が見えた。思ったよりも濃い色だった。チキン・ジョーの店の外の地面いっぱいに広がっていた。とてもほんとのことには思えなかった。……死んだ男の子と僕は半分友達なだけだった。僕は頭の中で彼のためにお祈りした。……長い間じっと見つめていたら血を動かして、元の男の子の形に戻せるんじゃないかって、そんなふりをしてみた。（3–4）

近隣住民からの協力が得られない警察の捜査にはあまり期待できそうにないことを確信したハリは、同年代の少年がナイフ犯罪に巻き込まれたこの痛ましい事件を調査・解決するために探偵役を引き受けるのである。[*18] 彼の探偵仕事はそれなりに本格的で、その作業は多岐にわたっている。相棒の同級生ディーンとともに、ハリは聞き込み／事情聴取（35–37, 59–61）、指紋採取（87–89, 136, 141, 195–98）、張り込み（153–56）、証拠品の発見（212–13）を行う。これらは決して単なる子どもの「ごっこ遊び」などではない。「捜査」のある時点で彼は次のように独白する。

［唾液からＤＮＡを採取するという］このアイデアもダメか！　まったくもう、誰も捜査に協力しようとしないんだから。そうなると、自分以外の人間がみな犯人みたく思えてくる。とても孤独な作業だ。（185）

このようにハリが困難にもかかわらず事件解決のために奮闘するのにはそれなりの理由がある。つまり、彼の探偵としての「活動」――（子どもらしい仕方ではあれ）情報を収集・分析し、仮説を構築して真相を究明すること――は、十一歳の少年にとって混沌と悪に満ちたものとして立ち現れる世界に秩序と正義をもたらし、敵意ある環境に果敢に立ち向かおうとする積極的意志のあらわれにほかならないのである。

探偵役を演じることを通じてハリがエージェンシーを遺憾なく発揮することは、本作の随所に明らかに見て取れる。例えば、彼が最も力を入れる指紋採取の過程[*19]に関する次のようなくだりがある。

練習帳のページにセロテープを貼り、折りたたんで容疑者の名前をおもてに書いた――「キラ」。必要なときが来るまで、ほかのと一緒に保管しておこう。最高にわくわくする気分だった、キラの命の一部が僕のものになったみたいで。ずっと隠れていることなんてできやしないさ。指紋ってのはどのみち持ち主のことを語るもんだからね。(198)

ここでは、彼にとって最大の脅威であり、これまで圧倒されるばかりであったDFCの主要メンバーに対し、ハリは(たとえ一時的にせよ)明らかな力と優位性の感覚を持つことができている。この後、まさにハリが探偵として有能であるがゆえにDFCを追い詰めることとなり、その結果として、警察に情報提供する直前でハリが刺され致命傷を負うという結末を迎えるのは、確かに残酷で悲劇的な皮肉ではある。しかしながら、ハリの死は結局のところ、国家や地域コミュニティが果たさなかった責任を十一歳の子どもが引き受けた結果にほかならないのだ。監視カメラや禁止標識が至る所に配置されながら[*20]犯罪防止には役立たず、近隣住民は犯人の報復を恐れ沈黙し、警察は捜査の成果を一向に上げられない環境にあって、独力で真相を究明し事件解決の一歩手前まで行き着いたハリの勇敢さと誠実さを否定することは誰にもできないはずである。

おわりに――能動的行為主体としての子ども

以上に見てきた通り、鳩との間に想像力豊かな「対話」を交わし、本格的な「探偵」として活躍するハリの姿を描いた本作には、不利な環境の受動的な犠牲者にとどまらない、能動的な行為主体としての子どもの姿が最も躍動的なかたちで息づいている。その意味において、『ピジョン・イングリッシュ』は新しい子ども社会学が提示した子どもの「エージェンシー」という概念を小説の形式を通じて鮮やかに描き出した作品であると言うことができるだろう。

注

*1 同じテーマを扱った現代イギリス小説としては、ゼイディー・スミス『ホワイト・ティース』(Zadie Smith, *White Teeth*, 2000; 小竹由美子訳、新潮クレスト・ブックス、二〇〇一年)やモニカ・アリ『ブリック・レーン』(Monica Ali, *Brick Lane*, 2003; 未邦訳)などが広く読まれている。

*2 最も頻度の高い語句を挙げると、hutious(恐ろしい)、dey touch(狂った)、Asweh(誓って、まったく)、obruni(白人)などがある。ジョルジュ・レティシエが指摘する通り、作中でこれらの語彙が使われるのは主人公の

モノローグ（地の文）および家族との会話部分に限られており、ハリが同級生や教師と話すときにはロンドン英語が用いられる――Georges Letissier, "Voicing Inarticulate Childhoods in Troubled Times: Barry Hines's *A Kestrel for A Knave* (1968), James Kelman's *Kieron Smith, Boy* (2008) and Stephen Kelman's *Pigeon English* (2011)," *Études britanniques contemporaines. Revue de la Société d'études anglaises contemporaines* 53 (2017), n.p. https://journals.openedition.org/ebc/3832?lang=en. Accessed April 16, 2022.

＊3　Jane Hodson, "Dialect in Literature," in Violeta Sotirova ed., *The Bloomsbury Companion to Stylistics* (London: Bloomsbury Publishing, 2015), 427.

＊4　Rachel Aspden, "*Pigeon English* by Stephen Kelman—review," *The Guardian*, March 13, 2011.

＊5　特に、人間の生得的暴力性（62）や死の不可避性（144）といった哲学的主題について鳩が語る箇所を参照。

＊6　Susie Thomas, "Stephen Kelman, *Pigeon English* (review)," *The Library London Journal*, 9.2 (September 2011), n.p. http://www.literarylondon.org/london-journal/september2011/thomas2.html. Accessed April 16, 2022.

＊7　Stephen Kelman, *Pigeon English* (New York: Houghton Mifflin Harcourt, 2011), 26. 以下、本作からの引用はすべてこの版に拠り、本文中の括弧内に頁数を示す。

＊8　デル・ファーム・クルーはハリが通う学校の非行少年集団で、イギリス大衆紙等のメディアが「チャヴ（"chav"）」、「ヨブ（"yob"）」、「フーディー（"hoodie"）」などと呼ぶ不良の若者の典型的な例である。これ以降、DFCと略記する。

＊9　Thomas, n.p.

＊10 Michael Perfect, *Contemporary Fictions of Multiculturalism: Diversity and the Millennial London Novel* (Basingstoke: Palgrave Macmillan, 2014), 188-91.

＊11 Allison James and Adrian James, *Key Concepts in Childhood Studies: Second Edition* (London: Sage, 2012), 3-4.

＊12 Alan Prout and Allison James, "A New Paradigm for the Sociology of Childhood?: Provenance, Promise and Problems," in Allison James and Alan Prout eds., *Constructing and Reconstructing Childhood: Contemporary Issues in the Sociological Study of Childhood* (London: Routledge, 2015), 7.

＊13 エミリー・カミングによれば、"housing"は「貧困層向け住宅（poor housing）」とほとんど同義であり、様々な否定的連想を喚起する語である——Emily Cuming, "Private lives, social housing: Female coming-of-age stories on the British Council Estate," *Contemporary Women's Writing* 7.3 (2013), 329.「公営団地小説」に関する概説的議論としては、Barbara Korte and Georg Zipp, *Poverty in Contemporary Literature: Themes and Figurations on the British Book Market* (Basingstoke: Palgrave Macmillan, 2014), 60-64を参照されたい。

＊14 Susanne Cuevas, "'Societies Within': Council Estates as Cultural Enclaves in Recent Urban Fictions," in Lars Eckstein, Barbara Korte, Eva Ulrike Pirker, and Christoph Reinfandt eds., *Multi-Ethnic Britain 2000+* (London: Brill, 2008), 383.

＊15 Cuming, 331. この意味で、作者ケルマン自身が巻末のQ＆Aで述べている通り、『ピジョン・イングリッシュ』は公営住宅団地に暮らす子どもの生活の「肯定的側面」（264）に光を当てた作品であるとも言えよう。

＊16 例えば、ある書評では本作は「プロットの展開が不十分」と評されている——"PIGEON ENGLISH (review),"

Kirkus Reviews, 79.8 (2011), 630.

＊17 本作のストーリーは南ロンドンの公営住宅団地で実際に起こった少年犯罪事件に部分的に基づいている。二〇〇〇年一一月二七日、ナイジェリアからロンドンのペッカムに移住してきた十歳の少年ダミロラ・テイラーが足を刺されたことによる失血が原因で死亡した。事件後、同じ団地に住む十二歳と十三歳の少年が逮捕され、故殺の罪で実刑判決を受けた。ケルマンは本作の謝辞で、被害少年の両親がナイフ犯罪防止の啓発のために立ち上げた財団のウェブサイトを引用している。

＊18 探偵小説の形式を大まかな枠組みとし、思春期前の少年の語り口を再現している点で、『ピジョン・イングリッシュ』はマーク・ハッドン『夜中に犬に起こった奇妙な事件』（Mark Haddon, *The Curious Incident of the Dog in the Night-Time*, 2004; 小尾芙佐訳、ハヤカワepi文庫、二〇一六年）からの明らかな影響を感じさせる。

＊19 詳しくは触れないが、指紋は人間のアイデンティティを証明するものとして、本作の最も重要なモチーフの一つとなっている。特に、違法移民として逮捕・強制送還されるのを阻止するためにハリの叔母ソニアが指紋をコンロで焼き消す経緯が語られるくだり（91–93）は読者に忘れがたい印象を残す。

＊20 興味深いことに、本作には監視カメラや禁止標識のピクトグラムが随所に配置されている（46, 47, 98, 105, 148）。

第7章

子どもを殺す子どもたち

――ジョナサン・トリゲル『少年A』(2004年)

はじめに――バルガー事件と子どものイノセンス神話の危機

新しい子ども社会学においてしばしば指摘される通り、一九九〇年代は少年犯罪の増加によって「子どものイノセンス」という神話が大きく揺らぎ始めた時期であった。[*1] とりわけ、十歳の少年二人が二歳の幼児を誘拐・拷問・殺害したジェームズ・バルガー事件は、その凄惨さと痛ましさに加え、被害者と加害者の双方が子どもであった点がイギリス社会に衝撃を与え、[*2]「子どもの性質に関する空前の規模の論争を引き起こし」、[*3] 伝統的な子ども観に大きな変化をもたらしたと言われる。バルガー事件に触発された小説は二〇〇〇年代以降数多く発表されるようになるが、[*4] それらの作品群は総体として「子ども時代のイノセンスという神話に関して継続中の、修正主義的論争の一環」[*5] と見なすことができる。その中でも、ジョン・ルウェリン・リース賞を受賞したジョナサン・トリゲルの処女作『少年A』(Jonathan Trigell, *Boy A*, 2004; 未邦訳）は、過去と現在の出来事を交錯させる語りの巧緻さや、複数人物の視点から綴られる物語の重層的構造によって高い評価を受けている作品であり、二〇〇七年にはTV映画化もされた（『BOY A』、ジョン・クローリー監督)。本章では、『少年A』が「子ども時代のイノセンス」という伝統的観念を維持すると同時に、その観念が拠って立つところの二項対立的言説を掘り崩していることを明らかにしてみたい。

『少年A』の梗概

『少年A』は、十二歳のとき親友と一緒に十歳の少女を殺害した主人公が、少年院と刑務所で十二年間服役した後、新しい名前と身分を得て、過去を隠し別人として生活しながら社会復帰を図るという物語である。各章はアルファベットの一文字から始まり、文字習得用の初等読本《プライマー》さながらに、「Aはリンゴ（apple）のA、腐ったリンゴ」[*6]のような短いフレーズやセンテンスが冒頭に掲げられる。これはその章の内容を予示すると同時に、出所とともに「再生」した主人公が手探りで新たに世界を学び直す過程を表現するための仕掛けである。[*7] 本作は全篇にわたって三人称の全知の語り手による語りで進行するが、焦点化人物は章ごとに、あるいは章の内部でも切り替わる。

ジャック・バリッジと改名した主人公の元少年Aは、服役初期からの信頼関係で結ばれた保護観察官テリーの支援を受け、マンチェスターの下宿先で暮らしながら運送会社社員として働き始める。同僚のクリスとは、クラブで暴行を受けそうになった彼をジャックが救ったことをきっかけに固い友情を交わすようになる。やはり同じ会社で秘書を務めるミシェル――ふくよかな体形が特徴的で「白鯨」と綽名される女性――は、過去を一切持たないように見えるジャックとの関係に一抹の不安を抱きながらも、深い包容力で彼を受け入れ愛する。

ある日のこと、ジャックはクリスの運転する車で配送先に向かっている途中、前を走行する車両が急に飛び出してきた鹿を避けようとして田舎道の土手下へ転落するのを目撃する。運転手は即死状態であったが、後部座席に閉じ込められた幼い少女にはまだ息があったため、ジャックは救急措置を施してその命を救う。後日、彼の機転と勇敢さを讃える記事が写真とともに地元紙に掲載され、ジャックは会社で一躍ヒーローとなる。友情も恋愛も仕事も順調に進み、ジャックの社会復帰は完全に成功したかに見えたが、思わぬところから破滅がもたらされる。

保護観察官テリーの息子ゼッドは、父親とジャックの親密な関係に激しく嫉妬し、テリーのパソコンに不正アクセスしてジャックの正体を突き止め、機密情報を新聞記事の写真とともにタブロイド紙へ売り込む。一方、ジャックが寝言で十二年前の事件の被害者少女の名（アンジェラ）を呟いているのを耳にし、彼の過去の秘密を知ってしまったミシェルは、恐怖と嫌悪の念に駆られ失踪する。数日後の早朝、ミシェルの行方を探しあぐねるジャックのもとへ、タブロイド紙の記者たちが押しかける。彼が少年Aと同一人物である事実を報じた記事がすでにその日の新聞に掲載されていたのだ。それを読んだ勤務先の社長が電話でジャックに解雇を告げる。クリスからも絶縁を言い渡され、ゼッドの工作によってテリーとの緊急連絡手段も絶たれたジャックは、死に場所を求めて下宿先を抜け出し、電車に乗り込んで保養地の海岸にたどり着く。「愛を知り、仕事に就き、友人を作り、セックスをし、ひと一人の命も救った」（247）ことに一定の満足を覚えながら、ジャックは桟橋から身を投げる。それは暗い過去を抱えながら生き延びるために彼が最後まで残してきた究極の「選択」（247）であった。

少年Aと少年B——暴力を通じたホモソーシャルな絆

『少年A』では、以上の通りジャックの釈放から自死までの現在の出来事が語られる章と、少女殺害に至るまでの少年Aと共犯者少年Bとの交流や服役後の彼らの生活（Bは刑務所内のリンチによって自殺に見せかけて殺される）を中心とした過去の出来事が語られる章とが交互に配されている。過去を扱った部分で本作中最も重要なのは、少年Aと少年Bの関係性を描き出し、二人が少女を殺害した背景に男同士の親密な結びつきが存在することを示しているくだりである。

互いに出会う前の二人の少年は家庭でも学校でも孤立し、どこにも自分の居場所を見出せずにいた。Aは学校でひどいいじめを受けていたが、そのことを両親に相談できず、一人で苦しみを抱え込んでいた。Aの家庭は経済的には中流でおおむね正常に機能していたが、父親は長年妻の不貞を疑い、Aが自分の子であることを信じられずにいたため、息子に対して限定的な愛情しか抱けないでいた。一方、Bの家庭は完全な機能不全家族で、母親は家を出ており、無職でアルコール中毒の父親は生活保護の金を酒代につぎ込んでいた。無力な父親に代わって家族を支配する兄はBに激しい暴力を振るい、性的虐待も行っていた。こうした不幸な境遇にあって疎外感を抱いていたAとBは互いに出会い交流することで初めて帰属感や自尊感情を感じることができるようになる。

AとBは一緒に学校をさぼり、協力して万引きを働き、「無意味な破壊行為」(16)を行ったり、川辺でウナギを殺したりする(87–88)ことを通じて絆を深めていくが、彼らの関係は最初から死、犯罪、暴力と結びついたものであった。二人はそれぞれ学校を無断欠席したある日に、教会の墓地で偶然出会う。「犯罪者にとって常に避難所であった」(15)教会の中をBと一緒に探索しながら、Aはすでに「犯罪の魅力を感じ始めていた」(15)。Bは中庭に落ちていたガラス瓶を拾い上げると、車の行き交う道路へ向けて、壁越しにそれを「手榴弾のように」(15)放り投げた。ガラスが砕け、クラクションが鳴らされると二人は一目散に逃げ出した。AはBの行為の「奔放さ」(15)に魅了され、彼の共犯者となったことに言い知れぬ「高揚感」(15)を覚えた。Bの方もまた「彼自身の奔放さがもたらす力」(18)に自信を得た。そして後日、Aをいじめていた少年グループに遭遇すると、Bは新しい友のために立ち上がり、いじめっ子たちに容赦のない暴力を加える。「目、喉、そして再び目」(17)と急所を的確かつ執拗に狙いながらBは相手が泣いて赦しを乞うまで殴り続けた。Aも攻撃に加わり、Bが地面に倒した敵を何度も蹴っては溜飲を下げるのであった。

子ども時代にBとの交友を通じて身につけた価値観は、釈放後の主人公にも影響を及ぼし続ける。会社の同僚たちとクラブに出かけた夜、クリスが女性をめぐって屈強な男二人組といさかいを起こすと、ジャックは割って入り、「顔中血まみれになるまで」「同じ一点に」(71) 頭突きを食らわせ敵を撃退し、クリスの窮地を救う。かつてBがAを守るために用いた過剰な暴力をジャックがこの場面で模倣していることは明らかである。*8 クリスはジャックに深く感謝し、二人の友情はより強固なものとなる。さらに、この一件によって「喧嘩屋」(72) の綽名を与えられたジャックは職場での人望も得ることとなる——「仲間のために立ち上がる者は皆に尊敬されるのだ」(92)。

このように、本作では男同士の友情が暴力的場面におけるパートナーシップとして捉えられていると言える。ここで興味深いのは、AとBが大衆文化を通じて受容・是認されたホモソーシャリティの形式を模倣しながら、互いの友情を暴力的行為によって表現し確認し合おうとする点である。右で見た二つの喧嘩の場面から読み取れる、友に対する忠誠心が暴力と犯罪を正当化するという観念は、パレイク・フィナーティが指摘するように、男同士の友情を扱った「バディー映画」の基本的構成要素の一つである。*9 この点に鑑みると、本作でAとBの関係が『明日に向かって撃て!』(ジョージ・ロイ・ヒル監督、一九六九年) の二人の無法者ブッチ・キャシディとサンダンス・キッドの関係に繰り返しなぞらえられていることはきわめて示唆的である――「Bはより腕の立つサンダンス、不愛想で危険な男の方だとAは思った。自分はハンサムで人好きのするブッチ・キャシディであるべきだ、と」（229）。AとBは自分たちを「二人だけの壁の穴強盗団」（232）として想像するのだ。

少女殺害事件――犯行動機の文脈化

こうして少年たちは暴力を通じたホモソーシャリティの強化という、バディー映画に代表される大衆文化が広めた観念を内面化しているわけだが、そのことは彼らの犯す犯行に深い影響を及ぼす。AとBが少女アンジェラ・ミルトンの殺害に及ぶ重要な場面を見てみよう。二人は万引きをしようとした商店から追い出された後、一人で町外れの方向へ歩いて行くアンジェラの姿を偶然目にする。無言で目配せと頷きを交わしたAとBはその場で尾行を決めるが、このとき彼らは「［アンジェラが］少し距離を置いてブッチとサンダンスにあとをつけられている」（232）と想像する。一言で言ってAとBの犯行は、西部劇のアウトロー・ヒーローと自己同一化した少年たちが正常な社会の監督と制限を超えて作り上げた幻想の世界を守り通そうとした結果にほかならないのだ。鉄橋の下の川辺まで連れてこられたアンジェラが二人に抵抗し、彼らがしたことをばらしてひどい目にあわせてやると脅すと、Aは「麻痺するような恐怖を感じた。」なぜなら——

アンジェラは口にした通りのことができると彼には分かっていたからだ。彼は怯えながら隠れて生きる日々に戻りたくはなかった。物陰の中や環状道路の下にある、このセピア色の新世界を彼は気に入っていた。……そこは自分のやりたいことができて、誰にも止められる恐れのない世界、力に満たされる世界だった。(235)

Bとの友情が可能にしたこの「世界」を壊されるのはAにとって何よりも恐ろしいことであり、それはBにとってもまったく同じであったに違いない。だからこそ、二人は殺人という究極の暴力に及んだのである——「最初に血を流させたのはBだった。彼がゲームを始めたのには違いない。しかし彼らは一緒になって天使を殺したのだ」(236)。

この場面については、映画版(『BOY A』)の描写を参照し、原作と比較してみるのが有益かもしれない。映画版は明確にBをアンジェラ殺害の主犯として描き、Aはあくまで気の進まない共犯者のような立場に置かれている。Aが犯行に参加する様が描かれないことで、彼は友達の影響を受けて堕落してしまうが本質的には純粋で傷つきやすい、共感すべき人物として表象されている。しかし映画版のこうした描写が原作の重要なテーマ——AとBの友情の相互性と対等性——を弱めてしまっていることは否定できない。AとBは、彼らだけの「世界」を脅かす者を「一緒になって」排除したのであり、アンジェラの殺害は「二人狂い」(107)の——つまり社会的に隔離された状況で親密な関係を結び、妄想的な世界観を共有した——少年たちが犯したものとして提示されているのである。[*10] そのようなかたちで彼らの犯行の動機を文脈化することで、本作は子どもによる殺人というきわめて説明困難な事象に一定の説明を与えている。換言すればこの小説は、子どもの犯罪者たちは生来的に邪悪であるという解釈を避け、どれほど凶悪なものであろうと彼らの行動は一定の文脈に位置づけることによって説明可能であるという立場をとっている。したがって、「子どもを殺す子ども」を題材として扱いながら、『少年A』は子どものイノセンスという伝統的観念を部分的に維持する方向に向かっていると言ってよいだろう。

無垢と邪悪——二項対立の曖昧化

バルガー事件の報道を分析した一連の研究が明らかにした通り、[*11] 当時の新聞記事では事件の動機や背景に関する議論が周縁化され、未曾有の犯罪を犯した怪物として少年たちを悪魔化するという戦略がとられた。つまり、いじめ、家庭内暴力、虐待、機能不全の家族構造といった要因を前景化する代わりに、報道の大半はモラルパニックを起こし、加害者の少年たちを社会秩序にとって脅威となる絶対的な悪として描き出したのである。[*12] マイケル・クラウゼが述べるように、「バルガー事件の報道では、ほとんどのニュースメディアはこの事件の社会的・心理的背景――二人の少年のきわめて困難な生育環境――を無視した。彼らは戦略的に『正常な』子どもの領域から隔離され」、そして言うまでもなくその「領域」は被害者の幼児によって占有されたのである。[*13] こうした報道戦略の意図するところは、イノセントな状態としての子ども時代という支配的な規範を不問に付し、できるだけ無傷のまま維持することにあったと言える。

『少年A』は、バルガー事件をめぐる報道に見られた、悪魔的・怪物的な加害者と純真無垢な被害者という二項対立的な言説に異議を唱え、それを不安定化させる作品である。この点を理解するうえで役立つと思われるのが、犯罪学者アリソン・ヤングの議論である。ヤングによれば、バルガー事件のメディア報道はその根底において、「子ども時代の本質」を一貫したテーマとしていた。ジェームズ・バルガーは常に「子どもの典型」として表象され、新聞記事では「小さくて人懐っこく、疑うことを知らず、依存的で、傷つきやすく、元気がいい」といった特徴が強調され、「額にかかるブロンドの髪とつぶらな瞳」を持つ幼児の魅力的な写真が掲載された。そうしてジェームズは「子どもらしさのアレゴリー」として表象されたが、彼が体現するイノセンスは加害者少年たちの「逸脱性」と「邪悪さ」と対置されるときに一層の重みを与えられたのである。[14]

ヤングの議論を踏まえながら、AとBに殺害されるアンジェラの描かれ方に着目してみよう。彼女は作中のメディアによって「非の打ちどころのない、美しく」、「この世で可能な限りにおいて完璧な」(107) 少女として表象される。しかし、彼女はそうした報道が示唆するほど自明で解釈の余地を残さないキャラクターであるわけではない。確かにアンジェラはその名の通り、透き通るような肌と豊かで美しい金髪という身体的特徴を備えた、ロマン派的な子どもの絵画を彷彿とさせる少女であり、「『モデルになっていてもおかしくなかった天使』と『デイリー・スター』や『サン』は書き立てた」(199) と述べられている通りである。[15]にもかかわらず、アンジェラは単に天使的であるだけの子どもではない。彼女には、作中のメディア報道によっては明らかにされない、したがって読者だけが知り得る側面が備わっているのだ。そもそも彼女が事件現場近くの町外れの場所に一人で向かったのは、年上のパブリックスクールの少年と逢い引きするためであった――「川岸に腰かけるのとほとんど同時に、彼は彼女の方に身を傾け、唇を重ねた」(232)。アンジェラは「両腕を……彼の体にまわし」(232) ながら、少年のキスに積極的に応じる。二人が「こうして互いに快楽を吸い合う」(232)光景をAとBは魅入られたように覗き見するのである。ここでアンジェラはまぎれもなく性的な存在として表象されており、純真無垢であるべき子どもの規範から大きく逸脱していると言わねばならない。さらに、少年と別れて一人になったアンジェラに声をかけたAとBに対して、彼女は次のような攻撃的な言葉を発する――「あんたたち二人は人のことを嗅ぎまわる気持ちの悪いクソ野郎どもね。さっさと失せなさいよ」(234)。ここに見られる「クソ野郎(shit-bags)」や「失せろ(piss off)」といった強烈な卑語の使用もまた、アンジェラと「子どものイデア」[*16]との著しい不整合を生み出していることは言うまでもない。このように、本作におけるアンジェラの描かれ方は、絶対的に無垢で善良な存在としての被害者という紋切り型を大胆に切り崩すものとして注目に値する。

同じことが、二項対立のもう一方の極である加害者の造型についても指摘できる。作中、AとBの裁判の様子が語られる章において、彼らは傍聴人や陪審員の視点から「生まれながらの悪」、「造化の戯れ」(106)として言及される。これらはもちろんバルガー事件の報道で用いられた語句をそのまま取り入れたものだが、『少年A』はこのような「フリークス」や「逸脱者」としての殺人少年[*17]という定型的言説に批判的修正を加えるのである。まず本作では、前述の通りメディア報道では周縁化されがちな、加害者の生育環境の劣悪さが説得的に描かれている(とりわけ、Bの生まれ育った公営住宅団地を「白アリの巣」（89）に喩えながら、一九世紀の自然主義小説を思わせる筆致で緻密に描写した箇所は白眉と言ってよい）。こうした恵まれない環境の影響により、「Bと呼ばれるこの少年には何か欠けているところがあった。何かが壊れているというか、成長するのを許されなかった部分があった」（89）とされる。あまつさえ、Bは少年院の精神科医によって「精神病質」（138）と判断される。しかし彼にはそうした異常性とは別の側面も備わっている。例えばAとBが川で釣りをする（ほとんど牧歌的な美しさを持つと言ってもいい）場面を見てみよう。Aは自分を「トム・ソーヤー」、Bを「ハックルベリー・フィン」（86）に見立てながら次のようなことを観察する。

Bの我慢強さには驚くべきものがあった。普段の彼は何をやらせてもものの数分で飽きてしまっていた。ところがこの日、彼はミミズの死骸の塊りをちょうど川底すれすれのところで優しく浮き沈みさせながら、午前中の半分をバーン川のほとりで座って過ごしたのである。（86）

Bの印象深い美点を記述するこの一節において示唆されているのは、彼と「普通の」子どもを分ける境界線の曖昧さであろう。そしてメディアや大衆が直視しようとしないその曖昧さを可視化してみせることこそ、この小説の目的の一つであると言ってよいのである。

このことは、少年院でAを担当した精神科医エリザベスが事件当時の世論について回想するくだりからも読み取れる。

もし自分の子どもが殺人犯だったらとは誰も考えてみようとしなかった。少年たちが邪悪でなければならなかったのは――異質な存在、他者、悪魔でなければならなかったのはそのためにほかならなかった。彼らは、同じ環境に置かれれば普通の子どもでもそうなっていたかもしれない何かであってはならなかったのだ。(140)

つまり、「自分の子ども」と「少年たち」を区別する境界線の危うさを実際には意識しているからこそ、人々はそこから目を背けなければならなかったのである。このように考えた直後、庭で遊んでいる幼い息子――「彼女が知る限りで最も美しい子ども」(140)――を前にして、エリザベスは図らずもこの事実に目を開かれることになる。

彼が今やアリたちを押し潰しているらしいことにエリザベスは気付いた。……彼女は息子のそばに行って立った。彼は顔を上げずに、孤立した虫たちの拷問を続けた。……少ししてから、エリザベスは彼の首の後ろを撫でながら話しかけた――「アリさんたちを傷つけるのはあまり良くないわね?」彼はうなずいた。「じゃあなんでそんなことをしているの?」彼女は怒っていたわけではない。ただ知りたかっただけだ。「だってママが止めなかったから。止めてくれると思ってたのに」。(140–41)

息子のこの言葉を聞いたエリザベスは慄然としてこう考えたはずだ――「止めてくれる」大人さえいれば、少年Aもあの犯行を犯さずに済んだのではないか。だとすれば息子とAとを隔てるものとは一体何なのだろうか、と。[*18]

以上の分析から次のように言うことができよう。すなわち『少年A』は、加害者を絶対的な悪、被害者を絶対的な無垢として単純化して描くのではなく、双方を両義的に表象することで、「子どもを殺す子ども」に関する支配的言説――幼い加害者を悪魔化し、同様に幼い被害者をイノセンスの典型として理想化する言説――を複雑化させる作品である。

おわりに――作品の二律背反性

最後に本章の議論をまとめておこう。『少年A』では、AとBによる少女殺害事件が、暴力を通じたホモソーシャルな絆によって形成された世界を二人が維持しようとした結果起こったものとして説明される。本質的に説明困難な少年たちの凶悪犯罪をそのように文脈化することで、一九九〇年代以降危機に瀕していた子どものイノセンスの観念を部分的に回復させる意図が作者トリゲルにはあったと考えられる。しかし他方では、本作は被害者と加害者双方の両義的な造型を通じて、完全なる無垢と邪悪という、子どものイノセンス神話のよりどころとなってきた二項対立を突き崩すことにも成功している。結局のところ、こうした作品の二律背反的なあり方そのものが、イギリスの集合的トラウマと呼んで差し支えないバルガー事件が誘発した子ども概念の「揺らぎ」を映し出しているのだと言ってよいだろう。

注

＊1 Phil Scraton, "Preface," in Phil Scraton ed., *'Childhood' in 'Crisis'?* (London: UCL Press, 1997), viii.

＊2 第4章（一〇四頁）も参照せよ。なお、バルガー事件の概要を簡潔にまとめた文献としては、キャロル・アン・デイヴィス『少年たちはなぜ人を殺すのか』浜野アキオ訳（文春新書、二〇〇八年）、一三七–六三頁がある。

＊3 Stefania Ciocia, "'Nobody out of Context': Representations of Child Corruption in Robert Cormier's Crime Novels," in Adrienne E. Gavin ed., *Robert Cormier* (Basingstoke: Palgrave Macmillan, 2012), 66.

＊4 邦訳のある作品のみを挙げると、ブッカー賞作家パット・バーカーの『越境』（Pat Barker, *Border Crossing*, 2001; 後述、本章注の＊18参照）、アン・キャシディのヤングアダルト小説『ＪＪをさがして』（Anne Cassidy, *Looking for JJ*, 2004; 子安亜弥訳、ランダムハウス講談社文庫、二〇〇五年）、アレックス・マーウッドのミステリー小説『邪悪な少女たち』（Alex Marwood, *The Wicked Girls*, 2012; 長島水際訳、ハヤカワ・ミステリ文庫、二〇一四年）などがある。

＊5 Ciocia, 64.

＊6 Jonathan Trigell, *Boy A* (London: Serpent's Tail, 2004), 1. 以下、本作からの引用はすべてこの版に拠り、本文中の括弧内に頁数を示す。

＊7 Clare Dudman, "BOY A and an Interview with Jonathan Trigell," *Keeper of the Snails*, October 3, 2005. http://

keeperofthesnails.blogspot.com/2005/10/boy-and-interview-with-jonathan.html. Accessed September 12, 2022; Andi Diehn, "Boy A," *Foreword Reviews*, June 16, 2008. https://www.forewordreviews.com/reviews/boy-a/. Accessed September 12, 2022.

＊8 映画『BOY A』では、AとBが登場する場面とジャックとクリスが登場する場面がインターカットされ、二つの友情がパラレルな関係にあることが示唆されている。

＊9 Páraic Finnerty, "Killer Boys: Male Friendship and Criminality in *The Butcher Boy, Elephant* and *Boy A*," in Brian Nicol, Patricia Pulham and Eugene McNult eds., *Crime Culture: Figuring Criminality in Fiction and Film* (London: Continuum International Publishing, 2010), 141-53.

＊10 フィナーティは「二人狂い」という表現や「家まで歩いて帰る彼らの姿を見た人々は、二人はカップルだと断言するだろう」（16）という一節に着目しながら、AとBの関係が同性愛的と言ってもよい激しさを持っており、ホモエロティックな語彙を通じてしか表現できない性質のものであると解釈している（Finnerty, 149, 152–53）。

＊11 Allison James and Chris Jenks, "Public Perceptions of Childhood Criminality," *The British Journal of Sociology* 47.2 (1996), 315-31; Bob Franklin and Julian Petley, "Killing the Age of Innocence: Newspaper Reporting of the Death of James Bulger," in Jane Pilcher and Stephen Wagg eds., *Thatcher's Children? : Politics, Childhood and Society in the 1980s and 1990s* (London: Farmer Press, 1996), 134-54; Julian Petley, " 'Kill a Kid and Get a House': Rationality versus Retribution in the Case of Robert Thompson and Jon Venables, 1993-2001," in

Stephen Wagg and Jane Pilcher eds., *Thatcher's Grandchildren? : Politics and Childhood in the Twenty-First Century* (Basingstoke: Palgrave Macmillan, 2014), 1-26.

＊12　特にタブロイド紙の報道によく見られる、バルガー事件が未曾有のものであるという主張は正確ではない。デービッド・ジェームズ・スミスの調査によれば、子どもが子どもを殺す事件は二〇世紀に限ってみても、バルガー事件の前に少なくともイギリス国内で十八件起こっていた（『子どもを殺す子どもたち』北野一世訳［翔泳社、一九九七年］、八－一四頁）。この問題をパニックに起因するメディア全体の「健忘症」として分析した興味深い論考に以下のものがある――Shani D'Cruze, Sandra Walklate and Samantha Pegg, *Murder: Social and Historical Approaches to Understanding Murder and Murderers* (London and New York: Routledge, 2011), 83-88, 92-102.

＊13　Michael Krause, "The Public Death of James Bulger: Images as Evidence in a Popular Tale of Good and Evil," *Journal for the Study of British Cultures* 18.2 (2011), 134. 第4章（一〇三－一〇四頁）で論じたクリス・ジェンクスの「概念的排斥」の理論も参照せよ。

＊14　Alison Young, *Imagining Crime: Textual Outlaws and Criminal Conversations* (London: Sage Publications, 1996), 114-15.

＊15　第4章（一〇二頁）でも言及したジョン・エヴァレット・ミレーの《チェリー・ライプ》や《シャボン玉》などの「ファンシー・ピクチャー」を参照せよ。

＊16　Young, 115.

＊17 アメリカの高校の銃乱射事件の文脈においては、このような少年を表わすのに「スーパープレデター」という用語が使われる。校内乱射事件に取材したライオネル・シュライヴァーの小説『少年は残酷な弓を射る』(Lionel Shriver, *We Need to Talk About Kevin*, 2003; 光野多恵子・真喜志順子・堤理華訳、イースト・プレス、二〇一二年）に関するサンドラ・ディンターの次の論文を参照せよ——Sandra Dinter, "A "Voodoo Doll in Diapers": Deconstructing the Cruel Child in Lionel Shriver's *We Need to Talk About Kevin* (2003)," in Monica Flegel and Christopher Parkes eds., *Cruel Children in Popular Texts and Cultures* (Cham: Palgrave Macmillan, 2018), 217-36.

＊18 『少年A』と同じくバルガー事件に取材したバーカー『越境』においても同様のテーマが追究されている。十歳のときに老女を殺害したダニー・ミラーと向き合う児童心理学者トム・シーモアは、自分が子どもの頃、池遊びの最中に悪ふざけがエスカレートして年少の少年を危うく殺しかけ、たまたま通りがかった大人に運良く救われたときのことを思い出す——「あの日、三人の子供が救われたのだ。……男が介入するのを億劫がったら、事件は違った結末を迎えたろう。悲劇的な結末を、たぶん。」（高儀進訳〔白水社、二〇〇二年〕、六八頁）。つまり、一歩間違えばトムはダニーであり得たかもしれないのだ。殺人を犯してしまう少年と「普通の」子どもとの差は実のところ紙一重であり、トムが経験したような「ニアミス」は誰の人生にも存在し得ることを読者は意識せざるを得ないだろう。

第8章

新自由主義的子ども

――マーゴ・リヴジー『ジェマ・ハーディの飛翔』（2012年）

はじめに――作品梗概と問題設定

マーゴ・リヴジー『ジェマ・ハーディの飛翔』(Margot Livesey, *The Flight of Gemma Hardy*, 2012; 未邦訳; 以下『ジェマ・ハーディ』)は、シャーロット・ブロンテ『ジェイン・エア』(Charlotte Brontë, *Jane Eyre*, 1847)の舞台を現代に移し替えたアダプテーション作品である。原題の“flight”には「束縛からの逃亡」、「自由への飛翔」、「飛行機のフライト」といった多層的な意味が込められており、本作が「幽閉と逃亡の物語」[*1]としての『ジェイン・エア』の主要テーマを引き継いでいることを示唆している。つまり『ジェマ・ハーディ』は先行テクストと同様に女性のビルドゥングズロマンであり、主人公が子ども時代の「幽閉」の状態から脱却し、幾多の苦難と試練を経た後に一人の人間として自己確立するまでの過程を描いた小説なのである。

物語は一九五〇年代から六〇年代のスコットランドに設定されている。アイスランド人の父とスコットランド人の母の間に生まれた主人公は、幼い時に両親を亡くして孤児となり、スコットランドの伯父の家に引き取られる。アイスランド人としての名前とアイデンティティを喪失した彼女はそれ以降「ジェマ・ハーディ」として生きていくことになる。伯父が不慮の事故で死んだ後、ジェマは酷薄な叔母と性悪ないとこたちのいじめに耐えながら暮らし、十歳の時に寄宿学校クレイプールへ送られる。いくつかの点で『ジェイン・エア』のローウッド学院よりもさらに劣悪な環境であるこの学校で、無給の下僕のように働かされながらもジェマは勉学に励み、（原作のヘレン・バーンズとテンプル先生に対応する）親友と教師に助けられ、大学進学を目指す。経営難に陥った学校が閉鎖されると、ジェマは裕福な地主で銀行家のシンクレア氏（ジェイン・エアにとってのロチェスター氏に当たる人物）の屋敷で住み込み家庭教師としての職を得て、オークニー諸島に滞在する。恋に落ちたジェマとシンクレア氏は婚約を交わすが、結婚式当日に彼の過去の暗い秘密が明らかにされる（第二次大戦中、シンクレア氏は炭鉱に動員されるはずだったが、幼少時のトラウマに起因する閉所恐怖症のため、実家の地所で働く親戚の男と取り引きをして身代わりとなってもらい、自身は空軍に配属されたのである）。シンクレア氏の卑怯と欺瞞に失望したジェマは行方をくらまし、放浪の旅に出る。そしてバスの中で財布を掏られ無一文となり、行き倒れたところを郵便局員の男アーチーに救われ、彼の姉とそのパートナーのレズビアンカップルの家に居候することとなる（彼らは『ジェイン・エア』の宣教師セント・ジョンとその妹たちに対応している）。大学で古典学を学び豊かな教養を持つアーチーの助けを借りながら、ジェマは大学入学資格試験のための勉強を続け、試験では好成績を収めて最終的にエディンバラ大学への入学内定を得る。彼女の気持ちを誤解したアーチーとの間に婚約を結ばれそうになるところを逃れたジェマは、生まれ故郷のアイスランドへ旅立ち、叔母をはじめとする親類と出会い自らの出自を再確認し、さらに両親が残しておいてくれた遺産も手にする。彼女の行方をずっと探していたシンクレア氏とジェマが帰りの飛行機の中で再会し、和解のキスを交わすところで物語は終わる。

このように『ジェイン・エア』のプロットを巧みに換骨奪胎した『ジェマ・ハーディ』は、「ネオ・ヴィクトリアン小説」（現代作家によるヴィクトリア朝作品の翻案・改作）の一つとして分類することができる。近年のネオ・ヴィクトリアニズム研究で論じられているところによれば、このジャンルの重要な役割の一つは、「先行テクストの諸部分を領有し、そうすることで自己のあり方に関する概念を再解釈し描き直す」[*2]ことにあるとされる。だとすれば、『ジェイン・エア』のアダプテーションである『ジェマ・ハーディ』は、現代の子どもの「自己のあり方」についてどのようなことを語っているであろうか。本章ではこの問いに答えてみたい。

結論的なことから先に述べると、『ジェマ・ハーディ』で提示されているのは新自由主義的な子ども像である。この点を論証するために、以下では新自由主義と現代文学の関連を幅広く論じた出色の論集『新自由主義と現代の文芸文化』（Mitchum Huehls and Rachel Greenwald Smith eds., *Neoliberalism and Contemporary Literary Culture*, 2017）を参照しながら、『ジェマ・ハーディ』の主人公が新自由主義的な主体として表象されていることを示していく。

新自由主義の四段階

『新自由主義と現代の文芸文化』の「序論」におけるヒュールズとスミスの議論によれば、新自由主義は四つの歴史的段階を経て発展してきた。[*3] この点を簡単に整理しておこう。まず第一の経済的段階（一九七〇年代）は、ニクソン大統領がドルの金交換停止を決定した一九七一年のドルショックから始まる。これ以降為替は変動相場制となり、そのことが国境を越えた資本の移動を容易にし、世界の自由市場経済への流れを加速化させていった。第二の政治的段階（一九八〇年代）では、サッチャー政権とレーガン政権のもと、自由市場の経済的原則を反映した一連の政策（規制緩和、民営化、労働組合排除）が施行された。第三の社会文化的段階（一九九〇年代）では、市場の合理性が人間生活の非経済的な次元へと拡張され、文化的生産と消費の領域にまで遍く浸透した。そして第四の存在論的段階（二〇〇〇年代以降）では、新自由主義は「思考の様式」から「存在の様式」へと変化し、個人の自己責任、企業家的行動、人的資本の最大化によって規定された「生存の様態」そのものとなるに至った。以上を踏まえて、ヒュールズとスミスは次のようにまとめている——「新自由主義の第三段階が社会・文化の構成に影響を及ぼし始め、さらにその第四段階が現代人の自己観や自己と世界の関係にまつわる思考の方法を変え始めるとき、文学が表象する内容もそれに応じて変化していくと考えるのが妥当であろう」(13)。二〇一二年に出版された『ジェマ・ハーディ』も、新自由主義に関するこうした歴史的枠組みに位置づけて検討しなければならない。そうすることで、新自由主義のイデオロギーの影響が現代世界のあらゆる領域に及び、現代人の意識に内面化され始めるとき、文学作品に表象される子ども像がどのような変容をきたすのかを垣間見ることができるはずである。

新自由主義的子ども像

そこで次に、子どもを主人公とする現代小説と新自由主義の関係を探究したカレン・イアの論文を参照してみたい。[*4] イアは、クリス・ジェンクスによる子どもの類型論を踏まえながら、新自由主義の時代に要請される子ども像について次のように説明している。ジェンクスの分類においては、本来的にイノセントな「アポロン的」子どもは生まれながらに美徳を備えているため、大人は教育を通じてそれを引き出してやりさえすればよいと考えられる。したがって、国家は(理想的には管理と規律ではなく自由な遊びを通じて)子どもの才能を育成し、彼または彼女の成長を支援するよう努める。他方、「ディオニュソス的」子どもは、生来的に要求が多く、快楽に駆り立てられ、したがって悪に傾きやすい。このような子どもに対しては、国家は（身体的懲罰も伴う）厳格な道徳的教導を中心とする教育や育児を推進する。重要なことに、これら二つのアプローチはいずれも、制度的な——おおむね国家による——介入と監督に依存しており、ゆえに、二一世紀の新自由主義を特徴づける反国家統制主義的な傾向とは相容れない。というのも、国家の機能を最小限に切り詰めようとする新自由主義は、自己開発の責任を国家機関から子ども自身へと移し替えるからである。新自由主義が理想とする子どもは、高度に自律的で、独立した選択を行う能力を十全に有し、常に自己ケアに余念がない。この観点からすれば、理想的な新自由主義的子どもは実質上、家族および国家による保護の外部に存在する「社会的孤児」と見なされる。このような子ども像はカレン・スミスによって「アテナ的子ども」と命名されている。つまり新自由主義的な統治理性の下では、「成功または失敗の責任が社会から個人へとシフトするなかで、……適応力が高く、『自らを企業者化しようとする』、能動的に自己へ働きかける能力を備えた主体」[*5]であることが子どもに対しても要請されるのである。かくして、子ども期を主題とする二一世紀の小説においては、「自分自身を養育する企業家的孤児」という固有のキャラクターが登場することとなる。イアによれば、これらの作品の魅力は、子どもの自己形成過程そのものを作り変えようとする新自由主義的な試みがもたらす複雑な帰結を読者に想像させる点にある。そして『ジェマ・ハーディ』という小説は、まさにそのような現代の孤児物語の一つとして解釈することができるのである。

新自由主義的子どもとしてのジェマ

以上を議論の大まかな枠組みとしたうえで、『ジェマ・ハーディ』における新自由主義的な子ども像を読み解いていきたい。最初に、第一章から重要な一節をやや長くなるが引用しておこう。十歳のクリスマスイブの夜、意地悪な叔母といとこたちがパーティーへ出かけて一人家に残された主人公が、自らの将来の境遇に思いを巡らせるくだりである。

伯父から聞いて知っていたのだが、スコットランドでは十七歳で大学に行くことができる。私はその年齢になったらまるで魔法にかかったように自分が大人になるのだと想像するようになっていた。でもそれまでの七年間をどうやって耐え忍んだらいいのだろう。そしてこの家を出た後はどうやって生計を立てるのだろう。［従妹の］ヴェロニカが読んでいる漫画では、女の子は家出して、長らく行方知れずだった親戚と出会い、自身も気づいていなかった才能を発見するものと相場が決まっていた。ところが私には親戚など一人もいなかったし、何か隠れた才能があるかどうかも疑わしかった。私は計算が得意だったたし、ふつうの鳥なら飛び方と鳴き方でたいていは見分けがついた。何かに夢中になると一心に情熱を傾けることができたし、周りのものが消えてなくなってしまうくらい鮮明な白昼夢にふけることもできた。しかしスポーツはまるで苦手だった。私の書く字は癖字だったし、演技も楽器演奏もできず、料理や裁縫もだめだった。暖炉に火を焚こうとすると煙ばかり出てうまくいかなかった。泳ぎは苦手ではなかったが、水難救助の試験には二回落ちた。クリスマスイブの夜に、湯たんぽにしがみつきながらこうやって横になっていると、私は自分がこの世でたった一人であることをそれまでになくいくらい緊迫した気持ちで理解したのであった。(10–11)[*6]

この一節には、ジェマの自己のあり方がきわめて特徴的に表現されていると言える。自分の置かれた状況を冷静に認識したうえで、ジェマは十歳にしてすでに自身のライフコースを模索し始めており、大学入学を最重要の目標として明確に位置づけている。ここで特に注目すべきなのは、彼女が自分の「才能」を(十歳の少女に可能な限り)多面的な側面から検討し、それらを一つずつ列挙していることである。こうした記述は本作の最も基本的なモチーフとなっており、主人公の環境が変わっても繰り返し反復される。例えば、生徒兼下働きとして暮らした寄宿学校の閉校が決まってから、シンクレア氏のもとで家庭教師を始めるまでの狭間の時期に、ジェマは世界の中の自分の位置を確認するようにしながらこう考える――

ラズベリー摘みのアルバイトで稼いだお金を別にすれば私は無一文だったし、自分の知る限りでは売り物になるようなスキルは何もなかった（料理と掃除だけはできたけれども両方とも嫌いだった）。私は大学に行きたかった。しかし数か月後に迫った上級試験の勉強はどうすればいいのか。それに住む場所だって必要だった。(131)

この一節で重要なのは、「売り物になるような（marketable）」――つまりは「市場向きの」――「スキル」の有無が主人公の最も切実な問題となっていることである。新自由主義時代の成長物語を分析したデヴィッド・エイチソンの表現を借りれば、ジェマにとって「人生における目的を見出し選択を行うことは、市場のレンズを通して世界を読み、企業家のように思考する必要を伴う」のである。[*7] 同様の例をもう一箇所挙げると、シンクレア氏を恋愛対象として意識し始めてから比較的初期の段階に、ジェマは一枚の紙片に次のようなことを書き留める。

シンクレア氏	私
私の倍の年齢	まだ十八歳
銀行家	家庭教師
尊敬され愛されている（多くの人に）	尊敬され（ヴィッキーに）愛されている（ネルに）
二軒の持ち家	そのうちの一軒の一部屋
お金持ち	貯金四十ポンド
きれいな靴	古着
ハンサム、一部の人にとっては	たいていの人にとっては不器量
大卒	大学受験生

（232）

驚くべきことに、こうして彼女は恋愛相手と自分との間の年齢、容姿、社会的地位、財産、文化資本、学歴等の対照表を作成するのである。そのうえで、ジェマはこのように自問する——「そして私の方はと言えば、これらの資産と釣り合うどんなものを持っているのだろうか」（234）。このくだりは、先に触れたヒュールズとスミスによる新自由主義の「社会文化的」段階、すなわち人間の生の非経済的な領域にまで新自由主義の原理が浸透した段階の説明を思い出させるだろう。ウェンディ・ブラウンも指摘する通り、「新自由主義は学習や恋愛や運動といった、富を生まない領域さえも市場の用語で解釈し、市場の評価基準にゆだねる」[*8]のである。このようにして、ジェマはいかなる局面においても、自己の資質、能力、「資産」の目録作りに終始余念がないのである。[*9]これはまさに新自由主義が理想とする子ども像に合致していると言えるだろう。なぜなら、「自己投資する人的資本」[*10]として、子どもは自らの現在および未来の価値を最大化する主体であることが常に求められるからである。

「自己投資」に失敗する人物たち――アリソンとロス

そして、そのような新自由主義的主体としてのジェマの成功を作中で際立たせているのが、「自己投資」に失敗する他のキャラクターたちの存在であることにも注意すべきである。ここで二人の人物について検討してみよう。一人目はシンクレア氏の妹アリソンである。『ジェマ・ハーディ』の書評の中には、本作が『ジェイン・エア』のプロットを巧みに翻案している点を評価しつつも、「屋根裏の狂女」の不在――つまりロチェスター氏の妻バーサに対応する人物が登場しないこと

――を遺憾とするものが散見される。[*11] しかしこの読み方は必ずしも正しいとは言えない。というのも、ケイト・フェーバー・エストライヒが洞察するように、「狂気、嗜癖、死というバーサの遺産はアリソンへ転置されている」[*12] からである。アリソンは幼少時より乗馬に情熱を傾け、将来はプロになることを目標としていたが、不運な落馬事故により選手生命を絶たれて以後は自暴自棄に陥り、アルコールと鎮痛剤そのほかの薬物の中毒者となる――シンクレア氏が語る通り、「妹は美人でお金もあったから、欲しいものは何だって手に入れられたのさ」(209)。結局、アリソンは父親の分からない子ども(ジェマの教え子のネル)を産んだ後、薬物の過剰摂取によって死亡する。挫折の経験の後に性的放縦に走り薬物乱用によって破滅するアリソンが、どれだけ困難な状況に置かれようとも常に自己を律することのできる「禁欲的な」[*13] ジェマとは対照的な人物として否定的に描かれていることは明らかである。シンクレア氏から話を聞かされたジェマが表立って彼女に関する意見を述べることはないものの、アリソンは新自由主義的な自己のあり方から著しくかけ離れた人物であり、ジェマが乗り越えるべき対象、または望ましくないロールモデルの典型として提示されていると考えられる。[*14] 次に、二人目に取りあげてみたいのは、ジェマの寄宿学校の先輩のロスという少女である。ロスはジェマと同じように孤児であり、学費を免除される代わりに下働きをさせられている生徒の一人である。彼女はジェマと一緒にクロウタドリの雛鳥の成長を見守って世話するなど、繊細で心優しいところもある一方、残酷でサディスティックな性質を備えており、ジェマに対するいじめの首謀者となったりもする複雑な人物である。ジェマはロスに対して両面価値的な感情を抱き、別れた後になって「自分でも驚いたことに、ロスと時おり結んだ友情の瞬間を懐かしんだ」（128）と述懐する。彼女はジェマと「同じくらいこの世で一人ぼっち」であり、「不器用で不器量」（76）なところもジェマとよく似ていた。「勉強の飲み込みは遅かった」（76）ものの、周囲の人や物への観察力に優れたロスは、「良い警察官になれる」（104）とジェマは考える。ロスはある時、中等教育修了試験のための勉強を手伝ってくれないかと、遠回しにジェマに頼む。警察に入るというロスの夢の実現のために手を貸してやろうかと一瞬考えるものの、彼女から受けたひどいいじめを思い出し、ジェマはその願いを無視する。最終的にロスは中等教育修了試験を受けることなく寄宿学校を中退し、ホテルの客室係という望まない職に就く。しかしロスの真価をジェマが認識することになるのは、彼女が学校を去った後のことであった。ロスは様々な仕事における人員配置の妙を心得た「熟練した管理者」――すなわち他者の労働を組織化する企業家的人物――だったのであり、彼女なき後、「学校は以前よりも汚くなり、台所では危機が頻発するようになった」（128）。つまり自己の人的資本への投資が適切に行われていれば、ロスは「市場の評価基準」に適った、優れて新自由主義的な主体となり得たかもしれないのだ。その可能性の芽を摘んだのは、少なくとも部分的には、勉強の手伝いを意図的に拒んだジェマにほかならないであろう。ロスはいわばジェマにとっての分身なのであり、その分身を落伍者として葬り去ることによって初めて、ジェマは自らを成功者として確立できるのだとも言えよう。

国家による公的援助の否定

このようにして主人公が「自己を最大化する企業家的な主体」[*15]として確立される過程を描いたのが『ジェマ・ハーディ』という作品であるわけだが、イアが論じる通り、新自由主義的な孤児物語においてもう一つ重要なのは、その主体の確立が国家による公的援助を受けずに行われるという点である。[*16] 例えばメーヴ・ビンキーの『フランキーを育てる』(Maeve Binchy, *Minding Frankie*, 2010; 未邦訳)では、国家の介入による公的な児童福祉の取り組みよりも、自発的に組織されるケアの共同体の活動の方が優れていることが強調される。[*17] この小説は二一世紀のダブリンを舞台とし、下層中産階級地域に住む隣人同士の連帯を描いている。住民たちは力を合わせ、母親に捨てられて父親のもとに預けられた幼児フランキーの世話を行う。その過程で、利己的で怠惰な両親や無能なソーシャルワーカーが生物学的または国家的な権限を持っているにもかかわらず、子どもの保護者

／後見人として根本的に不適格であることが示されるのである。

ビンキーの小説と同様のテーマは『ジェマ・ハーディ』においても展開されている。ジェマはシンクレア氏のもとから逃亡し、全財産を失って極端な経済的孤立を経験した後、レズビアンカップルのポーリーンとハンナに救われ、手厚い世話を受ける。ジェマの代理親の役割を果たすこのカップルは、そのセクシュアリティゆえに必然的に国家の制度の外側あるいは周縁で活動する者として規定されている。実際、ポーリーンとハンナはジェマを保護した後、警察や病院、役所などの公的機関に彼女をつなげようとする努力は一切行わない。彼女たちが提供する完全に私的で自発的な――国家に依存しない――寛大なケアの形態こそは、ジェマが新自由主義の理想とする自律的な「アテナ的子ども」としての自己のあり方を達成するために不可欠のものなのである。

おわりに――作品の結末

代理親のケアを受けて回復したジェマはその後、作品の最終部において、死んだ父親の故郷アイスランドへ旅立つが、新自由主義的な孤児物語ではこのような「国際的な移動」がしばしば重要なモチーフとなる。[*18] 移動の自由の能力によって国家の束縛から解き放たれるとき、孤児の自己発見のプロセスは初めて完結するからである。アイスランドへの旅において、ジェマは寄る辺ない無力な孤児から、「自分自身の企業家」[*19]として自律した存在へと自分自身のライフストーリーを書き換える。「自分の望むものを手に入れるためなら、ほとんどどんなことでもやってみせる覚悟がある」(400)と自らについて語るジェマが最終的に望むのは、「自分自身に対する自分自身の資本、自分自身にとっての自分自身の生産者」[*20]という新自由主義的な自己のあり方を、他の何ものにも依存せずに獲得することにほかならない。だからこそ、本作のエンディングで、ジェマはシンクレア氏に対して「ほかにも色々とやりたいことがあるわ」と告げ、「大学生になること」(442)をはじめとする未来の願望を一つずつ列挙していき、彼との結婚を延期することを決めるのである。よく知られた『ジェイン・エア』最終章冒頭の一文「読者よ、私は彼と結婚いたしました。」[*21]とは対照的な、「願望が四方八方から湧き起こってきていた」(443)というジェマの語りで終わる本作の開かれた結末は、自由と自律と新たな可能性を求める主人公の物語にふさわしいものであると言わなければならない。

注

＊1　サンドラ・ギルバート、スーザン・グーバー『屋根裏の狂女――ブロンテと共に』山田晴子／薗田美和子訳（朝日出版社、一九八八年）、二八七頁。

＊2　Kate Faber Oestreich, "'I Am Not an Angel': Madness and Addiction in Neo-Victorian Appropriations of *Jane Eyre*," in Sarah E. Maier and Brenda Ayers eds., *Neo-Victorian Madness: Rediagnosing Nineteenth-Century Mental Illness in Literature and Other Media* (Cham: Palgrave Macmillan, 2020), 29.

＊3　Mitchum Huehls and Rachel Greenwald Smith, "Four Phases of Neoliberalism and Literature: An Introduction," in Mitchum Huehls and Rachel Greenwald Smith eds., *Neoliberalism and Contemporary Literary Culture* (Baltimore: Johns Hopkins University Press, 2017), 1-18. 以下、本文中で括弧内に頁数を示す。

＊4　Caren Irr, "Neoliberal Childhoods: The Orphan as Entrepreneur in Contemporary Anglophone Fiction," in Mitchum Huehls and Rachel Greenwald Smith eds., *Neoliberalism and Contemporary Literary Culture* (Baltimore: Johns Hopkins University Press, 2017), 220-36.

＊5　Karen Smith, "Producing Governable Subjects: Images of Childhood Old and New," *Childhood* 19.1 (2012), 32.

＊6　Margot Livesey, *The Flight of Gemma Hardy* (New York: Harper Perennial, 2012), 10-11. 以下、本作からの引用はすべてこの版に拠り、本文中の括弧内に頁数を示す。

＊7　David Aitchison, *The School Story: Young Adult Narratives in the Age of Neoliberalism* (Jackson: University Press of Mississippi, 2022), 155.

＊8 Wendy Brown, interviewed by Timothy Shenk, "Booked #3: What Exactly is Neoliberalism?" *Dissent Magazine*, April 2, 2015. https://www.dissentmagazine.org/blog/booked-3-what-exactly-is-neoliberalism-wendy-brown-undoing-the-demos. Accessed August 25, 2022. 以下も参照せよ――「新自由主義はむしろ、あらゆる人間の活動域と活動とを、人間そのものとともに、経済的なるものの特有のイメージに合わせて変形させるのだ。すべての行為は経済的行為となる。存在のあらゆる領域は……経済の用語と評価基準によって表現され、測定される。」（ウェンディ・ブラウン『いかにして民主主義は失われていくのか――新自由主義の見えざる攻撃』中井亜佐子訳［みすず書房、二〇一七年］、二頁）。

＊9 以上で取りあげた箇所のほか、ジェマがレズビアンカップルの家に滞在している時にその時点でのスキルをリスト化する一節（315）も参照せよ。

＊10 ブラウン、二〇二頁。

＊11 例えば以下を見よ――Tom Adair, "Book Review: *The Flight of Gemma Hardy* by Margot Livesey," *The Scotsman*, August 4, 2012. https://www.scotsman.com/whats-on/arts-and-entertainment/book-review-flight-gemma-hardy-margot-livesey-1615177. Accessed August 25, 2022; Moira Macdonald, "'Gemma Hardy': a Scotland-set homage to 'Jane Eyre'," *The Seattle Times*, February 5, 2012. https://www.seattletimes.com/entertainment/books/gemma-hardy-a-scotland-set-homage-to-jane-eyre/. Accessed August 25, 2022.

＊12 Oestreich, 34.

＊13　この点において、新自由主義的な子ども像はマックス・ウェーバーによる企業家の古典的な定義を彷彿とさせるだろう――「ほんらいの資本主義的な実業家は、みせびらかしや不必要な支出を嫌うものであり、……社会的な名声を誇示するような外的な印をつけることも喜ばない。言い換えるとこうした実業家の態度は、……禁欲的な特徴をそなえているのである。」（『プロテスタンティズムの倫理と資本主義の精神』［中山元訳、日経BPクラシックス、二〇一〇年］、九九頁）。

＊14　同様の人物像としては、本作と同じく『ジェイン・エア』のアダプテーションであるスーザン・フレッチャー『イヴ・グリーン』（Susan Fletcher, *Eve Green*, 2004）の主人公を挙げておきたい。十八歳になったイヴ・グリーンは、思いを寄せる男性ダニエルから離れた生活に耐えられずに、わずか数か月で大学を中退する。大学で彼女がしたことと言えば、キャンパス中の至る所に彼の名前を探そうとすることくらいであった――「大学にはダニエルの名前が彫ってある木の机は一つもなかったし、トイレのドアにもDの文字さえなかった。」（『イヴ・グリーン』［吉田奈津子訳、バベルプレス、二〇〇八年］、二七二頁）。これは、シンクレア氏と恋に落ちた後も大学での勉強による自己投資への決意がいささかもゆるがない「禁欲的な」ジェマとは正反対の態度と言わねばなるまい。恋愛と結婚をライフコースの中心に据えるイヴ・グリーンの人物像については以下を参照せよ――Soňa Šnircová, *Girlhood in British Coming-of-Age Novels: The Bildungsroman Heroine Revisited* (Newcastle upon Tyne: Cambridge Scholars Publishing, 2018), 77-86.

＊15　Smith, 28.

＊16　Irr, 225-26.

＊17　二〇世紀末から二一世紀のヤングアダルト小説における「ゆるやかな養育共同体」に関する鈴木宏枝の議論も参照せよ――鈴木宏枝「多様化する家族――子育てする少年たち」（神宮輝夫／髙田賢一／北本正章編著『子どもの世紀――表現された子どもと家族像』〔ミネルヴァ書房、二〇一三年〕、二三一―三六頁）。

＊18　Irr, 227-28. 例えばピーター・ケアリー『彼の非合法な自己』（Peter Carey, *His Illegal Self*, 2008; 未邦訳）においては、ニューヨークで暮らす孤児の少年が謎の女性の導きによって、行方不明の母親と再会するためにオーストラリアの奥地へと向かう。

＊19　ミシェル・フーコー『生政治の誕生――コレージュ・ド・フランス講義 1978-1979年度』（慎改康之訳、筑摩書房、二〇〇八年）、二七八頁。

＊20　同右。

＊21　シャーロット・ブロンテ『ジェイン・エア（下）』小尾芙佐訳（光文社古典新訳文庫、二〇〇六年）、四一四頁。

結論

「子どもであること」の複数性

序論で述べた通り、近年、サンドラ・ディンターをはじめとする複数の研究者によって、現代イギリス文学における「子どもと子ども時代に中心的関心を寄せる小説の増殖」[*1]が指摘され、注目を集め始めている。本書ではそうした最新の研究動向を踏まえ、一九七〇年代から二〇一〇年代のチャイルドフッド・ノヴェルを取りあげて精読を施してきた。第1章から第8章までの考察を通じて、これらの小説が「子どもであるとはどういうことか」という問題をそれぞれ異なるアプローチで主題化していることが明らかになったはずである。以下では、チャイルドフッド・ノヴェルのジャンルとしての特徴をいくつか指摘し、最後に本書全体の結論を述べたい。

チャイルドフッド・ノヴェルの第一の特徴として挙げられるのは、子ども（らしさ）の社会的・文化的構築に関わる言説や制度を批判的に検討するということである。例えば、レッシング『破壊者ベンの誕生』（第4章）では、多様なジャンルや形式の言説（医学、民話、映画、絵画など）が参照され、それらがいかにして子どもの正常性と異常性を規定しているかが問題化される。また、トリゲル『少年A』（第7章）では、タブロイド紙をはじめとするマスメディアによる報道が無垢な子ども／邪悪な子どもという単純な二分法的表象を生み出す様が描かれている。あるいは、モス『夜間の目覚め』（第1章）は、発達心理学、児童書、育児書などが大人と子どもの関係を規範的に枠づけていることを暴露すると同時に、特定の学問分野（歴史学）が子ども期を研究対象として形成する過程を自己言及的に前景化している。

チャイルドフッド・ノヴェルのもう一つの特徴としては、過去の文学伝統の意識的な解体／再構築を通じて、子どもの観念の再解釈を読者に促すという傾向を指摘できる。マキューアン『セメント・ガーデン』（第3章）では、一九世紀・二〇世紀を通じて強い影響力を保ってきたロマン派的子ども像が、主人公の倒錯的で逸脱的な行為の描写を通じて転倒させられる。一方、ホーンビィ『アバウト・ア・ボーイ』（第5章）の場合、ディケンズをはじめとするヴィクトリア朝小説において用いられた「年齢の逆転」のモチーフを現代化することで、二〇世紀末以降に特有の家族の問題に適応せざるを得ない子どもの姿を描き出している。さらには、リット『デッド・キッド・ソングズ』（第2章）とリヴジー『ジェマ・ハーディの飛翔』（第8章）は、ビルドゥングズロマンという伝統的な小説形式をそれぞれ異なるやり方で換骨奪胎している。前者はビルドゥングズロマン的物語の約束事を脱構築することで、合理的な大人を到達点とする発達論的な子どもの自己形成モデルを批判し、後者は古典的なビルドゥングズロマンのプロットを巧みにリライトしながら、新自由主義の理念を肯定的に受容・体現した新鮮な子ども像を提示している。

そしてチャイルドフッド・ノヴェルの第三の特徴は、子どもの造型そのものの多様性にある。チャイルドフッド・ノヴェルにおいては、それ以前の文学ではあまり描かれることのなかった、あるいはおおむね周縁化されていた子どもが描かれる。例えば、ケルマン『ピジョン・イングリッシュ』（第6章）の語り手のような、混成英語を生き生きと駆使する移民の黒人少年は非常に新しい子どもの人物像と言ってよいだろう。しかし、現代のチャイルドフッド・ノヴェルに見られる子どもの造型に関して最も注目に値するのは、従来の小説において支配的であったナイーヴでイノセントな子ども像とは明白に異なる、正常性の規範から逸脱した危険な子どもたち――「説明不能なほどに『異質な』、親も読者も悩ませる」子どもたち[*2]――が数多く登場する点であろう（『セメント・ガーデン』、『破壊者ベンの誕生』、『少年A』の主人公たちや『デッド・キッド・ソングズ』のアンドルーなどがこのカテゴリーに該当する）。本書では扱えなかった他の多くの作品も含めたうえで言えることだが、チャイルドフッド・ノヴェルにおける子ども表象がそれ以前の文学に比してはるかに多面的で陰影に富んだものになっていることは明らかであると思われる[*3]。

以上の特徴を総括して言えるのは、本書で論じたチャイルドフッド・ノヴェルが共通して描き出しているのが「子どもであること」の複数性にほかならないということである。それはちょうど、一九七〇年代以降の新しい子ども社会学が目指したことの一つが、「単一の普遍的な現象ではない、多様な複数の『子どもの状態』（a variety of childhoods）を明らかにすること」[*4]であったのと軌を一にしている。そうして同時代の学問的動向と連動しながら、多様でオルタナティヴな子どものあり方の可能性へ読者の目を開かせてくれることこそ、現代的ジャンルとしてのチャイルドフッド・ノヴェルの最大の魅力であるのは間違いないであろう。

注

＊1 Ralf Schneider, "Iconographies of 'Childness' and the Contemporary British Novel: Book Covers, Discourses, and Cultural Models," *Anglia* 139.4 (2021), 711.

＊2 Kinga Földváry, "In Search of a Lost Future: the Posthuman Child," *European Journal of English Studies* 18.2 (2014), 209.

＊3 本書で取りあげられなかった作品には例えば、子どものセクシュアリティを扱ったジャネット・ウィンターソン『オレンジだけが果物じゃない』(Jeanette Winterson, *Oranges Are Not the Only Fruit*, 1985; 岸本佐知子訳、白水Uブックス、二〇一一年)やデイヴィッド・ミッチェル『ブラック・スワン・グリーン』(David Mitchell, *Black Swan Green*, 2006; 未邦訳)など、同性愛者を主人公とする小説がある。これらの作品を検討すれば、チャイルドフッド・ノヴェルにおける子どもの造型の多様性をさらに明らかにすることができるだろう。この点については他日を期したい。

＊4 Alan Prout and Allison James, "A New Paradigm for the Sociology of Childhood?: Provenance, Promise and

Problems," in Allison James and Alan Prout eds., *Constructing and Reconstructing Childhood: Contemporary Issues in the Sociological Study of Childhood* (London: Routledge, 2015), 7.

あとがき

本書巻頭のエピグラフは、私が博士論文以来研究してきたトマス・トラハーン（Thomas Traherne, 1637–74）の詩から取られている。トラハーンは一九世紀末にマニュスクリプトが偶然見つけられたのをきっかけに「再発見」された一七世紀の詩人・作家で、子ども時代の称揚というテーマの共通性から、しばしばロマン派の代表的詩人ウィリアム・ワーズワスと比較されてきた。ワーズワスは、それを回想することで精神に治癒がもたらされるような子ども時代の深い体験を"spots of time"（「時点」、「時の核」、「時の場」、「原体験」など様々な訳語がある）と呼んだが、トラハーンの作品にはこの観念を一世紀以上も前に先取りしたところがあると私は考えている。トラハーンによれば、子どもの目で見た世界や人間の姿は私たちのこころの内に刻まれて蓄えられ、大人になって何らかの危機を迎えた際に精神的回復の源泉となり、世界観の更新に資する力として働くという。その意味において、子ども時代は（エピグラフの詩行にある通り）私たちの「個人教師、先生、導き手」ともなり得るのである。

文学における子ども表象に対する私の関心の根底には、右記のようなトラハーンの思想が横たわっている。このテーマに取り組み始めたのは、四十代に差し掛かって「精神の危機」を経験していた頃、子ども時代について学問的に探究することでそこから「人の命をよみがえらせてくれる力」（ワーズワス『序曲』岡三郎訳）を汲み上げたいと考えたからにほかならない。勤務先の大学の授業で講読したロバート・パティソンの優れた研究書『英文学における子ども像』（本書一七頁の＊6参照）を足掛かりとし、その後関連文献を読み進めていくうち、二〇世紀末から今世紀までの文学には現代世界の子ども概念の「揺らぎ」が様々なかたちで反映されていることが徐々に見えてきた。子ども表象という観点からの研究がいまだ手薄であるらしく、学部時代から細々と興味を持ち続けてきてもいた現代イギリス小説をその切り口で読み解いてみようと決めるまでにそれほど時間はかからなかった。が、その作業に基づいた論考を実際に執筆するのにははるかに長い時間を要した。研究社編集部の高橋麻古氏は、以前『英語青年』に掲載されたトラハーンに関する拙文を読んで下さっていたこともあり、子ども像のテーマで単行本を書くことに賛成して下さった。最初にこの企画についてお話ししてから四年以上の歳月が流れてしまったが、その間、少しずつ書き進めた原稿を氏は毎回丁寧に読み、鋭く的確な、書き手にとってこの上ない励みとなるコメントを送って下さった。本書の完成まで漕ぎ着けることが出来たのはひとえに高橋氏のお力添えのおかげであり、心より御礼を申し上げたい。

本書の準備・執筆期間およびそれに先立つ長い研究生活の間には、実に多くの方々のお世話になった。様々な局面で支えて下さる東京都立大学英語圏文化論教室の同僚諸氏には常に感謝している。危機的状況に陥るたびに助けていただいてきた柚原一郎氏（東京都立大学大学教育センター）、かけがえのない知的刺激の場である「読書会」を十年以上一緒に続けて下さっている辻秀雄氏（慶應義塾大学文学部）と原田なをみ氏（東京都立大学人文社会学部）にも格別の謝意を表したい。また、四半世紀前の修士課程時代に文学研究の何たるかを文字通り一から教えて下さった当時の東京都立大学大学院英文学専攻の諸先生方（加藤光也先生、高山宏先生、伊藤誓先生、福島富士男先生、渡部桃子先生）、トラハーン研究を導いて下さった留学時代の恩師セドリック・C・ブラウン先生には、長年の学恩に対して深甚の御礼を申し上げる。そして、なかなか成果のあがらない私を長い間あたたかく見守り、励まして下さった研究社編集部長の星野龍氏に感謝したい。

最後に、ふたりの子どもたち（清太朗、桐子）がいつの日かこの本を読んでくれることを願って筆を擱かせていただく。

二〇二三年十月

越　朋彦

※本書は、独立行政法人日本学術振興会令和五年度科学研究費助成事業（科学研究費補助金）（研究成果公開促進費）学術図書（課題番号23HP5043）の交付を受けた。また、本書は日本学術振興会令和三年度―五年度科学研究費助成事業（科学研究費補助金）基盤研究（C）「現代イギリス小説における子どもの表象に関する研究」（課題番号21K00364）の成果の一部である。

初出一覧

第3章「「ロマン派的子ども像」の解体――イアン・マキューアン『セメント・ガーデン』論」『人文学報』第五一八－一二号（東京都立大学、二〇二二年）、一－二二頁。

第4章「「排斥」の論理による子どもらしさの構築――ドリス・レッシング『破壊者ベンの誕生』論」『人文学報』第五一八－一二号（東京都立大学、二〇二二年）、一三－二四頁。

第8章「マーゴ・リヴジー『ジェマ・ハーディの飛翔』における新自由主義的子ども像」『人文学報』第五一九－一三号（東京都立大学、二〇二三年）、二一－三四頁。

索　引

ナ　行

ハ　行

マ　行

ヤ　行

ラ　行

ワ　行

欧　文

引用文献一覧

Adair, Tom. "Book Review: *The Flight of Gemma Hardy* by Margot Livesey." *The Scotsman*, August 4, 2012. https://www.scotsman.com/whats-on/arts-and-entertainment/book-review-flight-gemma-hardy-margot-livesey-1615177. Accessed August 25, 2022.

Adrian, Arthur A. *Dickens and the Parent-Child Relationship*. Athens, Ohio and London: Ohio State University Press, 1984.

Aitchison, David. *The School Story: Young Adult Narratives in the Age of Neoliberalism*. Jackson: University Press of Mississippi, 2022.

Anon. "PIGEON ENGLISH (review)." *Kirkus Reviews*, 79. 8 (2011), 630.

Aspden, Rachel. "*Pigeon English* by Stephen Kelman—review." *The Guardian*, March 13, 2011.

Baker, Timothy C. *Contemporary Scottish Gothic: Mourning, Authenticity, and Tradition*. Basingstoke: Palgrave Macmillan, 2014.

Bekhta, Natalya. "Emerging Narrative Situations: A Definition of We-Narratives Proper," in Per Krogh Hansen, John Pier, Philippe Roussin and Wolf Schmid eds., *Emerging Vectors of Narratology*. Berlin: De Gruyter, 2017, 101-26.

Brown, Wendy. Interviewed by Timothy Shenk, "Booked #3: What Exactly is Neoliberalism?" *Dissent Magazine*, April 2, 2015. https://www.dissentmagazine.org/blog/booked-3-what-exactly-is-neoliberalism-wendy-brown-undoing-the-demos. Accessed August 25, 2022.

Buckley, Jerome Hamilton. *Season of Youth: The Bildungsroman from Dickens to Golding*. Cambridge, Massachusetts: Harvard University Press, 1974.

Cadogan, Mary. *The William Companion*. London: Papermac, 1991.

——. *Just William Through the Ages*. London: Macmillan Children's Books, 1995.

Carp, Teresa C. "'*Puer senex*' in Roman and Medieval Thought." *Latomus* 39. 3 (1980): 736-39.

Ciocia, Stefania. "'Nobody out of Context': Representations of Child

Corruption in Robert Cormier's Crime Novels," in Adrienne E. Gavin ed., *Robert Cormier*. Basingstoke: Palgrave Macmillan, 2012, 64-79.

Clark, Emily. "Re-reading Horror Stories: Maternity, Disability and Narrative in Doris Lessing's *The Fifth Child*." *Feminist Review* 98. 1 (2011): 173-89.

Cockin, Katharine and Jago Morrison eds. *The Post-War British Literature Handbook*. London and New York: Continuum, 2010.

Coleridge, Hartley. "To a Deaf and Dumb Little Girl," in Ramsay Colles ed., *The Complete Poetical Works*. London: George Routledge and Sons, 1908.

Cuevas, Susanne. "'Societies Within': Council Estates as Cultural Enclaves in Recent Urban Fictions," in Lars Eckstein, Barbara Korte, Eva Ulrike Pirker, and Christoph Reinfandt eds., *Multi-Ethnic Britain 2000+*. London: Brill, 2008.

Cuming, Emily. "Private lives, social housing: Female coming-of-age stories on the British Council Estate." *Contemporary Women's Writing* 7.3 (2013): 328-45.

D'Cruze, Shani, Sandra Walklate and Samantha Pegg. *Murder: Social and Historical Approaches to Understanding Murder and Murderers*. London and New York: Routledge, 2011.

Diehn, Andi. "Boy A." *Foreword Reviews*, June 16, 2008. https://www.forewordreviews.com/reviews/boy-a/. Accessed September 12, 2022.

Dinter, Sandra. *Childhood in the Contemporary English Novel*. London and New York: Routledge, 2020.

——. "A "Voodoo Doll in Diapers": Deconstructing the Cruel Child in Lionel Shriver's *We Need to Talk About Kevin* (2003)," in Monica Flegel and Christopher Parkes eds., *Cruel Children in Popular Texts and Cultures*. Cham: Palgrave Macmillan, 2018, 217-36.

Dinter, Sandra and Ralf Schneider. "Approaching Childhood in Contemporary Britain: Introduction," in Sandra Dinter and Ralf Schneider eds., *Transdisciplinary Perspectives on Childhood in Contemporary Britain*. New York and London: Routledge, 2018, 1-16.

Dodou, Katherina. "Examining the Idea of Childhood: The Child in the

Contemporary British Novel," in Adrienne E. Gavin ed., *The Child in British Literature: Literary Constructions of Childhood, Medieval to Contemporary*. Basingstoke: Palgrave Macmillan, 2012, 238-50.

Dudman, Clare. "BOY A and an Interview with Jonathan Trigell." *Keeper of the Snails*, October 3, 2005. http://keeperofthesnails.blogspot.com/2005/10/boy-and-interview-with-jonathan.html. Accessed September 12, 2022.

Duggan, Robert. *The Grotesque in Contemporary British Fiction*. Manchester: Manchester University Press, 2016.

Finnerty, Páraic. "Killer Boys: Male Friendship and Criminality in *The Butcher Boy, Elephant* and *Boy A*," in Brian Nicol, Patricia Pulham and Eugene McNulty eds., *Crime Culture: Figuring Criminality in Fiction and Film*. London: Continuum International Publishing, 2010, 141-53.

Flowerdew, Jennifer and Bren Neale. "Trying to Stay Apace: Children with Multiple Challenges in their Post-divorce Family Lives." *Childhood* 10.2 (2003): 147-61.

Földváry, Kinga. "In Search of a Lost Future: the Posthuman Child." *European Journal of English Studies* 18.2 (2014): 207-20.

Franklin, Bob and Julian Petley. "Killing the Age of Innocence: Newspaper Reporting of the Death of James Bulger," in Jane Pilcher and Stephen Wagg eds., *Thatcher's Children?: Politics, Childhood and Society in the 1980s and 1990s*. London: Falmer Press, 1996, 136-57.

Gamallo, Isabel C. Anievas. "Motherhood and the Fear of the Other: Magic, Fable and the Gothic in Doris Lessing's *The Fifth Child*," in Richard Todd and Luisa Flora eds., *Theme Parks, Rainforests and Sprouting Wastelands: European Essays on Theory and Performance in Contemporary British Fiction*. Amsterdam-Atlanta, GA.: Rodopi, 2000, 113-24.

Gill, Rosalind. "Lad Lit as Mediated Intimacy: A Postfeminist Tale of Female Power, Male Vulnerability and Toast." *Working Papers on the Web* 13 (2009), n.p. https://extra.shu.ac.uk/wpw/chicklit/gill.html. Accessed December 15, 2021.

Głowala, Zbigniew. "Biological, Absent, Reluctant: the Fathers and Father

Figures in Nick Hornby's *Slam* and *About a Boy*," in Anna Pilińska ed., *Fatherhood in Contemporary Discourse: Focus on Fathers*. Newcastle upon Tyne: Cambridge Scholars, 2017, 109-19.

Gunes, Ali. "From Mother-Care to Father-Care: The Split-Up of The Traditional Heterosexual Family Relationship and Destruction of Patriarchal Man's Image and Identity in Nick Hornby's *About A Boy*." *SKASE Journal of Literary Studies* 3.1 (2011): 59-75.

Higonnet, Anne. *Pictures of Innocence: The History and Crisis of Ideal Childhood*. London: Thames and Hudson, 1998.

Hodson, Jane. "Dialect in Literature," in Violeta Sotirova ed., *The Bloomsbury Companion to Stylistics*. London: Bloomsbury Publishing, 2015, 416-29.

Holland, Patricia. *Picturing Childhood: The Myth of the Child in Popular Imagery*. London: I. B. Tauris, 2004.

Hornby, Nick. *About a Boy*. New York: Riverhead Books, 1998.（ニック・ホーンビィ『アバウト・ア・ボーイ』森田義信訳、新潮文庫、2002 年。）

Huehls, Mitchum and Rachel Greenwald Smith. "Four Phases of Neoliberalism and Literature: An Introduction," in Mitchum Huehls and Rachel Greenwald Smith eds., *Neoliberalism and Contemporary Literary Culture*. Baltimore: Johns Hopkins University Press, 2017, 1-18.

Irr, Caren. "Neoliberal Childhoods: The Orphan as Entrepreneur in Contemporary Anglophone Fiction," in Mitchum Huehls and Rachel Greenwald Smith eds., *Neoliberalism and Contemporary Literary Culture*. Baltimore: Johns Hopkins University Press, 2017, 220-36.

James, Allison and Adrian James. *Key Concepts in Childhood Studies: Second Edition*. London: Sage, 2012.

James, Allison and Chris Jenks. "Public Perceptions of Childhood Criminality." *The British Journal of Sociology* 47.2 (1996): 315-31.

Jenks, Chris. *Childhood: Second Edition*. London and New York: Routledge, 2005.

Kehily, Mary Jane. "Childhood in crisis? An introduction to Contemporary Western Childhood," in Mary Jane Kehily ed., *Understanding*

Childhood: A Cross-disciplinary Approach. Milton Keynes: The Polity Press, 2013, 3-51.

Kelman, Stephen. *Pigeon English*. New York: Houghton Mifflin Harcourt, 2011.

Korte, Barbara and Georg Zipp. *Poverty in Contemporary Literature: Themes and Figurations on the British Book Market*. Basingstoke: Palgrave Macmillan, 2014.

Krause, Michael. "The Public Death of James Bulger: Images as Evidence in a Popular Tale of Good and Evil." *Journal for the Study of British Cultures* 18.2 (2011): 133-48.

Kuhn, Reinhard. *Corruption in Paradise: The Child in Western Literature*. Hanover and London: Brown University Press, 1982.

Lessing, Doirs. *The Fifth Child*. 1988; Hammersmith: Harper Press, 2010. (ドリス・レッシング『破壊者ベンの誕生』上田和夫訳、新潮文庫、1994 年。)

Letissier, Georges. "Voicing Inarticulate Childhoods in Troubled Times: Barry Hines's *A Kestrel for A Knave* (1968), James Kelman's *Kieron Smith, Boy* (2008) and Stephen Kelman's *Pigeon English* (2011)." *Études britanniques contemporaines. Revue de la Société d'études anglaises contemporaines* 53 (2017), n.p. https://journals.openedition.org/ebc/3832?lang=en. Accessed April 16, 2022.

Litt, Toby. *deadkidsongs*. London: Penguin Books, 2001.

Livesey, Margot. *The Flight of Gemma Hardy*. New York: Harper Perennial, 2012.

Macdonald, Moira. "'Gemma Hardy': a Scotland-set homage to 'Jane Eyre'." *The Seattle Times*, February 5, 2012. https://www.seattletimes.com/entertainment/books/gemma-hardy-a-scotland-set-homage-to-jane-eyre/. Accessed August 25, 2022.

Malcolm, David. *Understanding Ian McEwan*. Columbia: The University of South Carolina Press, 2002.

McEwan, Ian. *The Cement Garden*. 1978; London: Vintage Books, 2006. (イアン・マキューアン『セメント・ガーデン』宮脇孝雄訳、早川書房、2000 年。)

——. "Homemade," in *First Love, Last Rites*. 1975; London: Picador, 1976.（イアン・マキューアン「自家調達」、『最初の恋、最後の儀式』宮脇孝雄訳、早川書房、1999 年。）

Morgado, Margarida. "The Season of Play: Constructions of the Child in the English Novel," in Karín Lesnik-Oberstein ed., *Children in Culture: Approaches to Childhood*. Basingstoke: Palgrave Macmillan, 1998, 204-30.

Moss, Sarah. *Night Waking*. London: Granta, 2011.

——. "On Romanticism and Parenting in Practice," in Carolyn Weber ed., *Romanticism and Parenting: Image, Instruction and Ideology*. Newcastle upon Tyne: Cambridge Scholars Publishing, 2007, 138-45.

Neale, Bren and Jennifer Flowerdew. "New Structures, New Agency: The Dynamics of Child-Parent Relationships after Divorce." *The International Journal of Children's Rights* 15 (2007), 25-42.

Nelson, Claudia. *Precocious Children and Childish Adults: Age Inversion in Victorian Literature*. Baltimore: The Johns Hopkins University Press, 2012.

Nussbaum, Martha C. *Upheavals of Thought: The Intelligence of Emotions*. Cambridge: Cambridge University Press, 2001.

Ochsner, Andrea. *Lad Trouble: Masculinity and Identity in the British Male Confessional Novel of the 1990s*. New Brunswick: Transaction Publishers, 2009.

Oestreich, Kate Faber. ""I Am Not an Angel": Madness and Addiction in Neo-Victorian Appropriations of *Jane Eyre*," in Sarah E. Maier and Brenda Ayers eds., *Neo-Victorian Madness: Rediagnosing Nineteenth-Century Mental Illness in Literature and Other Media*. Cham: Palgrave Macmillan, 2020, 27-48.

O'Reilly, Andrea. "The Motherhood Memoir and the "New Momism": Biting the Hand That Feeds You," in Elizabeth Podnieks and Andrea O'Reilly eds., *Textual Mothers/Maternal Texts: Motherhood in Contemporary Women's Literatures*. Waterloo: Wilfrid Laurier University Press, 2010, 203-13.

Pattison, Robert. *The Child Figure in English Literature*. Athens, Georgia:

The University of Georgia Press, 1978.

Perfect, Michael. *Contemporary Fictions of Multiculturalism: Diversity and the Millennial London Novel*. Basingstoke: Palgrave Macmillan, 2014.

Petley, Julian. "'Kill a Kid and Get a House': Rationality versus Retribution in the Case of Robert Thompson and Jon Venables, 1993-2001," in Stephen Wagg and Jane Pilcher eds., *Thatcher's Grandchildren? : Politics and Childhood in the Twenty-First Century*. Basingstoke: Palgrave Macmillan, 2014, 1-26.

Pietsch, Katharina and Tyll Zybura. "The Adult within the Literary Child: Reading Toby Litt's *deadkidsongs* as an Anti-Bildungsroman," in Sandra Dinter and Ralf Schneider eds., *Transdisciplinary Perspectives on Childhood in Contemporary Britain: Literature, Media and Society*. New York: Routledge, 2017, 34-49.

Pifer, Ellen. *Demon or Doll: Images of the Child in Contemporary Writing and Culture*. Charlottesville and London: University Press of Virginia, 2000.

Plotz, Judith. *Romanticism and the Vocation of Childhood*. New York: Palgrave Macmillan, 2001.

Prout, Alan and Allison James. "A New Paradigm for the Sociology of Childhood?: Provenance, Promise and Problems," in Allison James and Alan Prout eds., *Constructing and Reconstructing Childhood: Contemporary Issues in the Sociological Study of Childhood*. London: Routledge, 2015, 6-28.

Purdy, Bryn. "William & Co.: *Just William & The Outlaws* and *Stalky & Co*." *The Kipling Journal* 86. 345 (2012): 50-57.

Renner, Karen J. *Evil Children in the Popular Imagination*. New York: Palgrave Macmillan, 2016.

Richardson, Alan. *Literature, Education, and Romanticism: Reading as Social Practice 1780-1832*. Cambridge: Cambridge University Press, 1994.

Rowen, Norma. "Frankenstein Revisited: Doris Lessing's '*The Fifth Child*'." *Journal of the Fantastic in the Arts* 2.3 (1990): 41-49.

Sagarra, Eda. "Friedrich Rückert's *Kindertotenlieder*," in Elizabeth Clarke, Gillian Avery and Kimberly Reynolds eds., *Representations of Childhood Death*. London: Palgrave Macmillan, 2000, 154-68.

Salmon, Richard. "The Bildungsroman and Nineteenth-Century British Fiction," in Sarah Graham ed., *A History of the Bildungsroman*. Cambridge: Cambridge University Press, 2019, 57-83.

Schneider, Ralf. "Literary Childhoods and the Blending of Conceptual Spaces: Transdifference and the Other in Ourselves." *Journal for the Study of British Cultures* 13.2 (2006): 147-60.

—. "Iconographies of 'Childness' and the Contemporary British Novel: Book Covers, Discourses, and Cultural Models." *Anglia* 139.4 (2021): 710-38.

Scraton, Phil. "Preface," in Phil Scraton ed., *'Childhood' in 'Crisis' ?*. London: UCL Press, 1997, vii-xvi.

Slay, Jack Jr. *Ian McEwan*. New York: Twayne Publishers, 1996.

Smith, Karen. "Producing Governable Subjects: Images of Childhood Old and New." *Childhood* 19.1 (2011): 24-37.

Šnircová, Soňa. *Girlhood in British Coming-of-Age Novels: The Bildungsroman Heroine Revisited*. Newcastle upon Tyne: Cambridge Scholars Publishing, 2018.

Staves, Susan. "A Few Kind Words for the Fop." *Studies in English Literature, 1500-1900* 22.3 (1982): 413-28.

Stepić, Nikola. "Objects of Desire: Masculinity, Homosociality and Foppishness in Nick Hornby's *High Fidelity* and *About a Boy*," in Guy Davidson and Monique Rooney eds., *Queer Objects*. London: Routledge, 2019, 144-55.

Stewart, Stanley. *The Enclosed Garden: the Tradition and the Image in 17th Century Poetry*. Madison, Milwaukee, and London: The University of Wisconsin Press, 1966.

Sullivan, Daniel and Jeff Greenberg. "Monstrous Children as Harbingers of Mortality: A Psychological Analysis of Doris Lessing's *The Fifth Child*," in Karen J. Renner ed., *The 'Evil Child' in Literature, Film and Popular Culture*. London and New York: Routledge, 2013, 113-33.

Taylor, Christopher. "Against the Adults (Review of *deadkidsongs*)." *Times Literary Supplement*, February 23, 2001, 23.

Tew, Philip. *The Contemporary British Novel*, 2nd ed. London: Continuum, 2007.

Thomas, Susie. "Stephen Kelman, *Pigeon English* (review)." *The Library London Journal*, 9. 2 (September 2011), n.p. http://www.literarylondon.org/london-journal/september2011/thomas2.html. Accessed April 16, 2022.

Trigell, Jonathan. *Boy A*. London: Serpent's Tail, 2004.

Yelin, Louise. *From the Margins of Empire: Christina Stead, Doris Lessing, Nadine Gordimer*. Ithaca: Cornell University Press, 1998.

Young, Alison. *Imagining Crime: Textual Outlaws and Criminal Conversations*. London: Sage Publications, 1996.

Williams, Christopher. "Ian McEwan's *The Cement Garden* and the Tradition of the Child/Adolescent as "I-Narrator"." *Atti del XVI Convegno Nazionale dell'AIA: Ostuni (Brindisi) 14-16 ottobre 1993*, Schena Editore, Fasano di Puglia (1996): 211-23.

Wordsworth, William. "Characteristics of a Child three Years old," in Stephen Gill ed., *William Wordsworth: 21st-Century Oxford Authors*. Oxford: Oxford University Press, 2012.

Wyness, Michael. *Childhood and Society*, 2nd ed. New York: Palgrave Macmillan, 2012.

アリエス、フィリップ『〈子供〉の誕生——アンシャン・レジーム期の子供と家族生活』杉山光信・杉山恵美子訳、みすず書房、1980年。

ウェーバー、マックス『プロテスタンティズムの倫理と資本主義の精神』中山元訳、日経BPクラシックス、2010年。

カニンガム、ヒュー『概説 子ども観の社会史——ヨーロッパとアメリカにみる教育・福祉・国家』北本正章訳、新曜社、2013年。

カヴニー、ピーター『子どものイメージ——文学における「無垢」の変遷』江河徹監訳、紀伊國屋書店、1979年。

ギデンズ、アンソニー『近代とはいかなる時代か？——モダニティの帰

結』松尾精文・小幡正敏訳、而立書房、1993 年。

ギルバート、サンドラ、スーザン・グーバー『屋根裏の狂女――ブロンテと共に』山田晴子／薗田美和子訳、朝日出版社、1988 年。

クルツィウス、E・R『ヨーロッパ文学とラテン中世』南大路振一他訳、みすず書房、1971 年。

小林さえ『ギャング・エイジ――秘密の社会をつくる年頃』、誠信書房、1968 年。

佐藤直樹『ファンシー・ピクチャーのゆくえ――英国における「かわいい」美術の誕生と展開』、中央公論美術出版、2022 年。

ジュネット、ジェラール『スイユ――テクストから書物へ』和泉涼一訳、水声社、2001 年。

ジング、R.M.『野生児の世界―― 35 例の検討』中野善達・福田廣訳、福村出版、1978 年。

鈴木宏枝「多様化する家族――子育てする少年たち」、神宮輝夫／髙田賢一／北本正章編著『子どもの世紀――表現された子どもと家族像』、ミネルヴァ書房、2013 年。

スミス、デービッド・ジェームズ『子どもを殺す子どもたち』北野一世訳、翔泳社、1997 年。

住田正樹『子どもの仲間集団の研究』、九州大学出版会、1995 年。

田中理絵「子ども社会とは何か――ギャング・エイジの仲間集団研究」、『子ども社会研究』22 (2016)、5-17 頁。

――.「子どもの社会的世界――家族と仲間」、住田正樹・田中理絵『人間発達論特論』、放送大学教育振興会、2015 年、42-62 頁。

デイヴィス、キャロル・アン『少年たちはなぜ人を殺すのか』浜野アキオ訳、文春新書、2008 年。

ディケンズ、C『骨董屋（上）』北川悌二訳、ちくま文庫、1989 年。

――.『我らが共通の友（上）』間二郎訳、ちくま文庫、1997 年。

藤間公太「依存か自立かの二項対立を超えて――児童自立支援施設における 18 歳問題」、元森絵里子他編『子どもへの視角――新しい子ども社会研究』、新曜社、2020 年、123-35 頁。

日本ユニセフ協会「子どもの権利条約」https://www.unicef.or.jp/about_unicef/about_rig_all.html.（2022 年 9 月 22 日閲覧）。

バーカー、パット『越境』高儀進訳、白水社、2002 年。

バーマン、E『発達心理学の脱構築』青野篤子／村本邦子監訳、ミネルヴァ書房、2012 年。

フーコー、ミシェル『生政治の誕生——コレージュ・ド・フランス講義 1978–1979 年度』慎改康之訳、筑摩書房、2008 年。

プラウト、アラン『これからの子ども社会学——生物・技術・社会のネットワークとしての「子ども」』元森絵里子訳、新曜社、2017 年。

ブラウン、ウェンディ『いかにして民主主義は失われていくのか ——新自由主義の見えざる攻撃』中井亜佐子訳、みすず書房、2017 年。

フレッチャー、スーザン『イヴ・グリーン』吉田奈津子訳、バベルプレス、2008 年。

フロイト、アンナ『家庭なき幼児たち——ハムステッド保育所報告 1939–1945（上）』中沢たえ子訳、岩崎学術出版社、1982 年。

——.『家庭なき幼児たち——ハムステッド保育所報告 1939–1945（下）』中沢たえ子訳、岩崎学術出版社、1982 年。

——.『児童期の正常と異常——発達の評価 1965』黒丸正四郎・中野良平訳、岩崎学術出版社、1981 年。

——.『児童分析の指針（下）1945–1956』黒丸正四郎・中野良平訳、岩崎学術出版社、1984 年。

ブロンテ、シャーロット『ジェイン・エア（下）』小尾芙佐訳、光文社古典新訳文庫、2006 年。

ベック、ウルリヒ『危険社会——新しい近代への道』東簾／伊藤美登里訳、法政大学出版局、1998 年。

ベッテルハイム、B. 他『野生児と自閉症児——狼っ子たちを追って』中野善達編訳、福村出版、1978 年。

ボウルビィ、J『母子関係の理論 新版 II 分離不安』黒田実郎他訳、岩崎学術出版社、1991 年。

ポストマン、ニール『子どもはもういない』小柴一訳、新樹社、2001 年。

矢野智司『贈与と交換の教育学——漱石、賢治と純粋贈与のレッスン』、東京大学出版会、2008 年。

ラム、チャールズ「H ——シャーのブレイクスムア」、『完訳・エリア随筆 III 続篇 [上]』南條竹則訳／藤巻明註釈、国書刊行会、2016 年。

ワーズワス、ウィリアム『対訳 ワーズワス詩集』山内久明編、岩波文庫、1998 年。

——.『ワーズワス詩集』田部重治選訳、岩波文庫、1938 年。

——.『ワーズワス・序曲——詩人の魂の成長』岡三郎訳、国文社、1968 年。

《著者紹介》

越 朋彦（こし・ともひこ）

1975年東京生まれ。東京都立大学人文社会学部准教授。上智大学文学部英文学科卒業。英国・レディング大学大学院英文学専攻博士課程修了(Ph.D.)。専門は17世紀イギリス文学、子ども表象、紅茶の文化史など。主な編訳書に『イギリスの新聞を読む——大衆紙から高級紙まで』（編註)、アドリアン・フルティガー『図説 サインとシンボル』（共訳)、マークマン・エリス、リチャード・コールトン、マシュー・メージャー『紅茶の帝国——世界を征服したアジアの葉』（いずれも、研究社）がある。

現代《げんだい》イギリス小説《しょうせつ》の子《こ》どもたち
——無垢《むく》と邪悪《じゃあく》を超《こ》えて

2023年12月28日　初版発行

著　者　**越《こし》 朋彦《ともひこ》**

発行者　吉田尚志

発行所　株式会社 研究社
〒102-8152 東京都千代田区富士見2-11-3
電話　営業（03）3288-7777㈹　編集（03）3288-7711㈹
振替　00150-9-26710
https://www.kenkyusha.co.jp/

KENKYUSHA
〈検印省略〉

印刷所　図書印刷株式会社

本文デザイン　亀井昌彦
装丁　金子泰明

ISBN 978-4-327-48169-8 C3098
Printed in Japan